TERMINAL

Lynn Cruz nació en La Habana, en 1977. Licenciada en Pedagogía, en la Universidad de Matanzas (2000). Graduada de la Escuela Profesional de Actores (2005). Es actriz, escritora, dramaturga, y productora. Está censurada como actriz desde 2018. Entre sus trabajos como intérprete se destacan: *Corazón Azul* (próxima a estrenarse), *¿Eres tú, Papá?* (UK, 2018), *El niño* (Venezuela, 2015), *Finales* (Ecuador, 2015), *Larga distancia* (2010). Ha obtenido reconocimientos como actriz en Cuba, Estados Unidos y Venezuela. Como dramaturga ha versionado textos y escribió la obra *Los enemigos del pueblo* (2017). Su novela *Terminal* obtuvo Mención en el Premio Novelas de Gavetas Franz Kafka (2018). Fue premiada por el Fondo para productores de impacto documental que otorga Perspective Fund y Doc Society (2020), con el que realiza su primer documental, *Desaparecida.*

Lynn Cruz

TERMINAL

De la presente edición, 2020

© Lynn Cruz
© Editorial Hypermedia

Editorial Hypermedia
www.editorialhypermedia.com
www.hypermediamagazine.com
hypermedia@editorialhypermedia.com

Edición y corrección: Ladislao Aguado
Imagen: Fragmento de un cuadro del artista Samuel Riera, editado
por Miguel Coyula.
Diseño de colección y portada: Herman Vega Vogeler

ISBN: 978-1-948517-62-1

Dedicado a:

La memoria de mi abuela.

LA ESPERA

No esperes que el rigor de tu camino,
que tercamente se bifurca
en otro, que tercamente se bifurca en otro tenga fin.
Jorge Luis Borges

Un motor es un artefacto que nos abandona a todos.

Un hombre vestido de rojo mete las manos en los bolsillos y permanece cabizbajo un rato largo.

El reguetón en el ciclotaxi suena a todo volumen. El bicitaxista canta. Ha pasado tres veces por aquí.

La tarde es gris, sigue llegando gente, y me aferro al banco azul.

Hay un hombre calvo que no deja quietos los pies, está a dos bancos del mío.

El alumbrado público indica que cae la noche y el canturreo de pájaros en el techo, me hace preguntarme si ellos esperan lo mismo.

Tiempos Nuevos, voy a comprar.

Otro hombre se cansa, recoge a su hija, los bultos, y se sienta. Otro nuevo pide el último… ha pasado tanta gente por aquí.

Poco a poco se apaga todo y bostezo.

El hombre que va de rojo:

—Antes había un carrito chiquito que salía y cobraba cuarenta pesos —Se asoma a la tablilla y niega con la cabeza, mientras se lleva una mano a la boca.

Ya somos unos pocos esperando, cada quien ofrece su cara a la espera.

Es de Morón, un cocinero de jerarquía del Ejército Cubano incrustado en la ilustración de un libro, va sobre su caballo.

Una madre despide a su hija a través del cristal de la ventana.

(El hombre de rojo suspira y se recuesta al banco).

—¿Será china, japonesa, o coreana? Es difícil identificarlas.

La mujer del baño no quita los ojos de mis zapatos.

Regreso al asiento y me imagino en otra ciudad, del otro lado del Atlántico, lejos del sol, durmiendo.

Mis amigos se han ido, mi olvido también se ha ido.

No me incomoda la espera, me incomoda el olvido, esperar sin recordar.

Sandra no ha vuelto.

Sandra trabaja en una discoteca hasta las cinco de la madrugada. Duerme todo el día y pasa cinco horas en el Facebook.

Una cara sobre otra cara, la cara del libro de las caras, *face-book*.

Un lugar con muchos lugares.

Una familia renovada en el muro, la familia más feliz es la última familia.

Esperar, esperar la espera, desespera esperanza.

Cualquier día es bueno para viajar en el viaje de la espera.

Mi hermano salió un domingo y llamó el siguiente domingo.

Soñó durante meses con olas.

Hoy sueña como antes.

Pidió reubicación y se fue a Pensilvania.

Lo apasiona el mar.

No puede ver el mar ahora.

Por primera vez ve la nieve.

Palea la nieve.

El suelo se descongela y vuelve a parir la nieve.

Pasaron cuatro años y ocho meses con frío.

Aquí se sentía un vegetal.

Allá se siente un esclavo.

Me contó que la primera vez que subió a un avión fue rumbo al desierto de Arizona.

Lo que más le impactó fue la línea infinita de una carretera.

Luego descubrió que la carretera va desde Miami hasta Alaska.

Pensó en los egipcios y sus pirámides, en los chinos y la Gran Muralla.

Mi hermano, en el sur tiene veintiocho y en el norte es un niño de once años que escribe versos a sus padres.

Mi mamá y mi hermano están juntos aquí y allá.

No celebran cumpleaños, dicen que soy del mundo.

Mi hermano trabajaba en una fábrica hasta que se fue a Miami.

Se reencuentra con el mar.

El clima es cálido y frío.

Miami, la ciudad de la nostalgia y el rencor.

Muchos creyeron que más temprano que tarde volverían definitivamente a casa.

La mayoría se quedó en el sueño.

La cara de mi hermano, no está en la cara de *face-book*.

La cara de mi hermano, el pelo de mi hermano, las manos de mi hermano, fueron bautizadas por las olas del mar, y ahora mi hermano es otro hermano.

Colón dejó atrás el Viejo Mundo, también fue bautizado por las olas del mar.

Colón salió de Palos y le metió el palo a la Virgen América.

Colón no es un hermano.

Tengo un diario para viajar, lo hice en una agenda italiana. La palabra escrita como la armónica al *western*, como el batá al santero, como la savia a la planta. A veces agrego recortes de papeles a lo que escribo.

Mamá:

Lo primero que tengo que decirte es... que te extraño mucho. Siempre oro por ti, para que sigas en el camino que conduce a la vida. Tengo muchos deseos de verte y espero verte.

Este país cada día me gusta menos, la gente aquí vive para el dinero y los avances tecnológicos. La mayoría de nuestros hermanos que vienen de allá, caen en el materialismo, es muy lamentable. Estoy loco por irme para allá, pero me ha ido muy mal en lo económico. Hace dos semanas estuve en la asamblea de Distrito 2012 «Protejamos el corazón». Me encantó. El domingo último, día de la asamblea, asistieron 6000 personas. Salieron dos nuevos folletos y un DVD que ya vi.

Mamá, que nada nos separe del amor a Cristo: Romanos 8:35, 36. Siempre recuerdo el salmo 121 que tú me enseñaste cuando era niño, y me dijiste que leyera cuando estuviera solo en el norte.

Ora por mí y lucha por tu fe, y recuerda que tenemos que amar a Jehová con todo nuestro corazón, mente y alma.

No sabes lo feliz que me siento cuando leo tus cartas al ver que Dios te ha abierto el corazón de par en par y te ha revelado su propósito: Felices son tus ojos porque ven, y tus oídos porque escuchan.

Tanto amó Dios al mundo que dio a su hijo unigénito para que todo el que ejerce fe en él no sea destruido, sino que tenga vida eterna.

Juan 3:16

Te quiero mucho.

El cartero estaba sudando y aun así no pidió agua. Tres cartas a mi nombre, pero ninguna para mí. La relación entre hermanos, únicos seres con sangre idéntica, tan distintos modos de ver el mundo. En cada sobre una foto de diferentes años, siempre en las asambleas, a ambos lados sus nuevos hermanos, ahora yo sería algo así como una ex hermana. Tal vez sea mi estado de ánimo el que me hace ver su mirada perdida, como de un cuerpo cuya alma escapó. Sigo aún en el mismo banco, en la espera de algo que pasadas las horas ha perdido la finalidad real.

De regreso a la realidad, en la televisión alguien controla las imágenes. No tiene nada que ver con la señal, es físico, palpable. Deja la imagen en un punto, dura milésimas de segundos, y no se repite hasta largo tiempo después. Monitorea las entradas, las salidas.

Desde la ventana veo el tránsito en la calle. Cada mañana debo hallar una razón para llorar a los muertos sin que sea llorar por mí misma.

Herminia Pérez
10—06—98

Elena Rodríguez
11—11—11
Luis Cruz
23—04—89
Estrella Ponce
4—04—01
Justina Hurtado
28—01—05
Aracelia Anatolia Pérez
7—11—04
Luis Cruz Cruz
24—04—1989

El presente está solo. La memoria erige el tiempo.
Sucesión y engaño es la rutina del reloj.
Jorge Luis Borges

El, las, la, los, yo
El Dolor: Un enano que se esconde.
Las Palabras: Arroyo que fluye y lo arrastra todo.
El Camino: Recorrido único que nos lleva a ningún lugar.
La Tierra: Piedra que gira y despedaza todo.
Las Dudas: Olas que sucumben a las multitudes y las abandonan
Los Náufragos: Amantes que se buscan y desencuentran por toda la eternidad.
El Miedo: Madriguera de máscaras rotas.
Yo Soy: La roca que se deshace en el seno de una madre africana.
Muchacha: Piedra vulgar que en el aire flota.
Estación: Época
Empieza la primavera, apenas llueve, el sol calienta el cinc del techo y los gorriones se anidan.

Escribo un poema.

En la vida no soy nada en mi mente soy todo, parafraseo a Romy Schneider.

Soy una mujer-cita.

Lo primero que tengo que hacer es sacar mi carné. Si viene la guagua de pronto y empiezan a llamar... pero no lo encuentro... estaba con los demás papeles. No puedo evitarlo, me entretengo y olvido lo más importante.

Donar, dona, Madona de tus piezas, tus pedazos y tus partes.

—¿Donante?

—Sí.

Aparece escrito en el carné. Debo confesar que la pregunta me produjo escalofríos, además me la hizo un militar. Dije que sí, que estaría dispuesta a donar mis órganos, en caso de cualquier accidente. ¿En qué estaba pensando? ¿Por qué no dije que no? Apareció, vence el dos del doce del doce. No entiendo a qué viene eso de los órganos.

—La de los días alternos está cancelada.

¿El hombre de rojo será el esposo de la mujer que está sentada en el banco próximo a mí?

—¿A qué hora estaremos llegando?

—Si pasa la de las once, doce; a la una de la mañana estaremos llegando.

—Suerte que estamos cerquitica de la terminal.

Ella le habla esperanzada. Él la acompaña en el sueño. Yo no sé si espero, si me esperan, si me voy, o si me quedo. Termino, término, terminal. Claro de Luna, Claro de Beethoven, Claro de la Terminal. Los audífonos me aíslan del resto de los viajeros que esperan en los bancos, próximos al andén.

— ¿Te vas a comer el pan ya?

—Se fue el hombre calvo, hacemos el tres y el cuatro.

El robusto campesino, el hombre de rojo con nariz respingada, cara redonda, y gorra con la bandera de Venezuela.

Aquí no hay quien cague. Debí haber ido al baño antes de salir. ¿Les alcanzarán los boniatos a los perros? Tendré que pedirle el periódico a la muchacha. Me preocupa la tos de la Mocha. El queso a treinta pesos. La guayaba a dos cincuenta. Galleticas a diez pesos. Qué caro se ha puesto esto.

—Ave María, cómo jode esa niña, no deja estudiar a la otra.

Socializa sin prejuicios. Me doy cuenta de que se quedó en la época del compañerismo.

—Mañana la nieta empieza en la escuela, nos hubiéramos ido en el pisicorre.

—¿No hay un pancito por ahí? ¿Qué rayo les echan a esos refrescos?

Se escucha la voz de una mujer pidiendo el último, y casi atragantándose grita:

—Somos nosotros, vamos detrás de la muchacha del libro.

Señala para mi banco. En Cuba, estar delgada es suficiente para que te digan *muchacha*. No obstante, me gustó el cumplido, teniendo en cuenta que ya tengo 35.

—En mi vida me he podido leer esos libracos.

Y la vuelve a coger conmigo.

—¿Habrán conseguido el uniforme? (al parecer la esposa está cambiándole el tema)

—Las mujeres así no aguantan maridos.

Y sigue insistiendo en mi persona.

—Antes, los que esperaban estaban del otro lado, esto así es una mierda (menos mal que ya pasó para otra cosa).

16

—Chica, esta suela me ha salido malísima.

Ahora se sumó la mujer del baño, que mientras se lamenta, vuelve a mirar para mis zapatos.

Empiezo a notar que vamos quedando menos, el hombre de rojo y su esposa, una viejita, el hombre con la niña… el altavoz anuncia que los pasajeros con destino a Santa Lucía, del turno siete y veinticinco, favor de presentarse en la puerta número seis, y en mi teléfono la bola negra, se caen los ladrillos, los verdes están sueltos, verdes también son las balas, lanzo un cohete, aparece una estrella, se amplía la plataforma, disparan y cae la bola por el borde de la plataforma, pierdo diez puntos. Iniciar nuevo juego, abandonar el juego, guardar este juego. Elijo guardar este juego.

Una galería de arte en Kiev, Ucrania, exhibe *Cinco Bellas Durmientes reales*. Como parte de la muestra del artista Taras Polataiko, las muchachas permanecerán acostadas en camas durante tres días, hasta que un hombre las bese. Si alguna de ellas llegara a abrir los ojos al ser besada, deberá casarse con el hombre que haya apoyado sus labios contra los de la joven. Según explica el propio artista, todos los asistentes a la muestra deben firmar un contrato, cuyas cláusulas especifican que los jóvenes deben ser mayores de dieciocho años, ser solteros y con intenciones realmente de casarse con la muchacha. Queda especificado que cada uno de los pretendientes deberá besar a una sola muchacha, por lo cual deberá seleccionar bien. Para los hombres la cuestión es más fácil, y como dice Polataiko, besarán a la chica que más les agrade. Ella deberá abrir los ojos solo cuando el galán la bese con la intensidad y ternura que anhelaba.

Esta viejita sentada aquí sin que nadie venga y le dé un beso.

—¿Falta mucho?

Se da cuenta de que la miro y ahora dirige su mirada hacia mí.

Qué sueño tengo. Y estos bancos están duros como un palo. Se me están echando a perder los mangos. En diciembre ya son dos años de que murió mi marido. No encuentro mis espejuelos. A mí que me cremen. Que no pasen trabajo. Te vas a quedar sin vista (proyecta su voz, que se siente débil y me advierte).

La viejita tiene el sabor de mi abuela, la viejita huele a café.

—No sé cómo puedes leer con tan poca luz.

—No me había dado cuenta.

— ¿Es poesía?

—Décimas de mi abuela.

Mosca, abeja y mariposa,
iban muy juntas volando.
Más la mariposa y la abeja iban libando,
el perfume de las rosas.
Y la mosca perezosa,
no las quería seguir,
porque le gusta vivir,
en la inmundicia y el lodo.
Por eso de ningún modo,
mejora su porvenir.

Todas las voces dentro de mi cabeza, quisiera desconectar mi cerebro y apagarlo por un rato. Ese hombre me apena, tiene la mirada triste.

¿Por qué me dice que tengo peste? ¿Y por qué delante del niño? Hoy me compro el jabón. Me quedan tres pilas, dos *Mujeres Soviéticas*, un *Fidel y la Religión*, tres TDK y un VHS. El buitre siempre se me adelanta. La viejita de la esquina tenía un paquete de *Tiempos Nuevos* del 86 al 91. Me dio, pero él no sabe la que le tengo. Ahora cuando pase por ahí me voy a fijar bien.

—¿Tiene revistas antiguas?

—Hoy no, pero mañana sí. Estos casetes contienen los discursos de Fidel Castro, pronunciados en los años 90.

Me alejo a causa de su mal olor, es bien parecido pero muy maltratado, sin embargo, no me desagrada su persona. Tiene las manos grandes como mi abuelo. Qué raro, lo más limpio que tiene son justamente las manos.

—¡Orinen adentro!

—¿Hay alguno desocupado?

—Sí, mi corazón, el último.

Esos zapatos que usa esa muchacha sí son fuertes, parece que no los compró aquí. Rafael es un cochino, siempre mea por fuera, ya le dije que puede usar la ducha, él quiere echar palante pero tiene que poner de su parte. Una contratica por tres meses. Llevo casi un año y siempre tengo pasajes. Hace falta que me den el otro baño también. Estas chancletas son una mierda. No sé qué les voy a echar. El olor está impregnado. ¿Qué hago yo con una peseta? Con el turno de las once mato. Recojo la merienda de mañana. Pongo el candado. Descargo todas las tazas. Me echo perfume y bajando.

Una mujer ruidosa, pero emprendedora. Ella misma lo dice, si le dieran unos cuántos baños más, sería una reina. Entonces se llama Rafael, como el poeta del inxilio cubano, Rafael Alcides.

—¿Tiene papel?

—Coge un pedacito. Mira esto, no tuve tiempo ni de arreglarme las uñas.

El trozo de papel hará que me orine las manos, pero no le reclamaré, porque ella tiene la ilusión de que lo hace bien, además, si me da otro pedazo, tampoco será suficiente.

—Gracias, está muy limpio.

La cara de la mujer se iluminó a causa de mi halago.

—No creas, a esto hay que pasarle la mano ya, porque nos cae el techo encima. Pero desde que pasó el último huracán, no nos venden materiales, ¿con qué se sienta la cucaracha? Como decía mi abuela, ahora me estoy acordando de un cuento que ella me hacía de unos vecinos, en la época de las vacas flacas, había una miseria tremenda. Ella siempre se acordaba de eso, porque, la verdad, sus últimos años fueron muy tristes, aunque se fue creyendo todavía en la revolución.

Los vecinos, eran un matrimonio que vivía en el mismo pueblo, se llamaban María y José, un día de hambre María le dice: «Ay, José, si hubiera huevos te freiría dos (pausa larga). Pero es que no hay, ni manteca tampoco».

La mujer ríe de su propio chiste, inmersa en su recuerdo, yo también sonrío, es un cuento grotesco. Mi mirada se dirige hacia la puerta del baño *unisex* y el otro clausurado, en una estación estilo inglés: techos inclinados con tejas planas y, dentro, la combinación de madera y albañilería.

—Papá, la lagartija está llorando.

La niña luce impaciente, mientras su padre está en otro mundo. Es un hombre de unos 50 años, pero se ve bien.

—Las lagartijas no lloran.

Cada día es menos raro ver a padres solteros cuidando de sus hijos. Hubo una época en que eso era cosa de flojos. Hay muchos hombres solos y sin *sex-shops*, ni bares de *strepteases*. No me extraña que la puesta en escena de *La Celestina,* en el Trianón, lograra las cien funciones a teatro lleno, y es que allá iban que se mataban los hombres a ver los cuerpos de las actrices desnudas.

—¿Y cuándo viene la guagua?

—Deja a la muchacha tranquila, que está leyendo.

El padre me mira, pero no le correspondo, porque tiendo a ser indulgente y por ello resulto siempre mal interpretada.

—Muchacha, hazme un cuento.

La niña desata toda su energía en mi persona. Los pequeños son muy intuitivos, ella debe sentir que, en efecto, la estoy observando, aunque trato de no ser evidente.

—¿Quieres que te haga el cuento de la buena guagua?

(Es como una Shirley Temple, cabellos ensortijados y rubios. Me mira molesta, su cara se vuelve una

mueca). Pienso que todas las mujeres no venimos preparadas para esto. La infancia comparada con el resto de la vida es un período corto, pero cuidar de la infancia de alguien hace que uno pierda la otra parte de ese resto. Me da manotazos para que la atienda.

—No, ese no.

—Yo no te digo que no, yo te digo si quieres que te haga el cuento de la buena guagua.

—¿Eh, y por qué tú dices que la guagua es buena?

La pregunta del millón, para la cual no tengo respuesta.

—No molestes más a la muchacha (El padre me hace una seña que no comprendo).

—Papá, yo quiero que ella me haga un cuento.

—Uno, dos, tres.

—Ah, ah, ah, papá, por tu culpa no pasa la guagua, tengo hambre.

—Nos vamos, dale, recoge la cartera del suelo.

La niña está molesta.

El padre se impacienta.

El padre se aleja con la niña.

Yo me quedo mirando la desproporcionada conjunción de sus siluetas. Sus cuerpos ensombrecidos avanzan hacia la luz del sol, que está a punto de ponerse.

ENFERMEDAD DE MAMÁ

La niña me devuelve a mi cuarto de niña de siete años.

Al combate corred, bayameses,
que la Patria os contempla orgullosa
no temáis una muerte gloriosa,
que morir por la Patria es vivir
que morir por la Patria es vivir...

Nos despertó mamá a las cinco de la mañana, entonando las notas del himno y echando agua en las paredes del cuarto.

—¡Los espanto y los reprendo!

Nunca había visto a mamá así, me pidió que cantara también, y lo hice en un tono muy bajo. Mi intuición de niña me decía que algo no andaba bien. Mamá gritaba y hacía muecas. Llevaba puesta una bata de dormir rosada. Se veía sexy, sexy y loca. Mamá gritaba: ¡Con la patria no te metas! Esa fue la razón de que se la llevara la policía en vez de los paramédicos.

No la vimos más por tres semanas. Entonces fuimos por la ruta de los cerdos. Los criaban para los enfermos, eran más grandes que los del trabajo de papá. Al fondo, un corredor azul y en la cama, una sonrisa me identificó con mamá. Mamá también iba de azul. Todas las mujeres de azul repetían muchas veces la misma frase y mi abuela las espantaba. El pelo blanco y las arrugas de mi abuela… odio el cielo.

—El padre de Dunia está muerto.

—¿Qué les hacen a los muertos?

—Los meten en los escaparates para que no apesten.

Yo tenía 7 años, cuando escuché hablar sobre la muerte. Desde entonces, y en silencio, lloraba por mi abuela Chela. Corro el tiempo hacia atrás. Mi cuerpo se hace pequeño, y mi mente también. Mis medias estrujadas como la cara de mi abuela. Perforé su tejido rosado con la plancha y maté una de mis medias. Tenían un gran porciento de nailon, tal vez era mi reacción alterada a lo que estaba viviendo mi madre.

Lloraba viéndola prácticamente derretirse, lamentaba la pérdida, era como si la media también perdiera vida, se fuera al cielo con el padre de Dunia y con el de Cenicienta. Lo que más triste me ponía del cuento, era la soledad de la niña.

Me he quedado en blanco, por un rato, desde que se fueron el padre y la niña. Nuevas voces entran en mi cabeza, distorsionan mi estado de conciencia y me devuelven a la realidad física. Un conductor se acerca a la señora del baño, pero no puedo entender del todo.

—Es tremendo huevón, pone a la mujer delante para no pagar

—Los hombres están cediendo terreno.

—Yo me quedé frío, en la casa la mujer no lo deja ni hablar y viene aquí a dar órdenes a los choferes.

—Es una cosa que no quieren responsabilizarse con nada.

—Están tratando de buscarse a una mujer pa' ver qué se les puede pegar.

Ellos hablan de trascendencia sin saberlo. Mi mirada empieza a alejarse. Él gesticula con los brazos, las venas de su cuello se hinchan, mientras ella, pasivamente, asiente. Voy viendo a través de ellos, a los hombres y mujeres de antaño, la repetición, el molde, la condición, los reiterados fantasmas que me conmueven.

Me veo, desde la conmiseración de un ser para la muerte y desde la muerte de mis siete años, sembrada en mi balcón viendo los balcones repletos de vecinos, mirando a mamá alejarse hacia el hospital. Nos quedamos solos, porque mi padre estaba de guardia. Enseguida llegaron comadres.

—Sus abuelas vienen para acá hoy.

—¿Para dónde llevan a mamá?

—No sé. Entren que les traje tilo.

En el fondo, yo sabía que no debía tomar de aquel tilo, por eso mi hermano y yo lo echamos en las plantas de la sala, sin que Odalis (la vecina de los altos) se diera cuenta. No voy a negar que la noticia de que mis abuelas venían, me hizo olvidar a mi madre.

Las plantas no mantienen la misma expresión, se infartó el helecho a causa del tilo caliente. Los helechos no tienen alma, ni van al cielo, se quedan en la tierra, en la misma tierra donde estaré para siempre con mamá. Comencé a ser una niña vieja, escuchaba en la escuela a las auxiliares hablando mal de mamá (no me gustaba que mamá trabajara en mi escuela), la mirada furtiva de los hombres a mamá, los coqueteos de mamá, comentarios mal intencionados de vecinas sobre mamá, mientras yo la sublimaba.

Una tarde, se rumoró que se había ido con un hombre en un polaquito, recuerdo a las cacatúas del colegio asomadas en la cerca, sonriendo, burlonas, chismeando. Pensé en que le envidiaban el porte, el cabello negro… mamá era tan linda. Siempre creí que no me parecía a ella, la admiraba y rechazaba con la misma intensidad.

Resultó ser un compañero de papá, que, a petición de él, la recogió para llevarla a un funeral. Aquel momento aún no lo he podido olvidar y es que pueblo chiquito, infierno grande. Y grande fue la oscuridad que me sobrevino a causa de aquellos rumores, porque es más fácil terminar con un prejuicio, que acabar con un rumor.

La niña que yo era se llama igual que yo. Tiene el pelo virgen, tamaño de niña, pies de niña, uniforme de preescolar. Se hace una cebolla en lugar de las Harley motonetas, porque nadie le puede dibujar la raya. La niña sonríe, a su lado hay otra niña triste, una es más alta que la otra y tienen polvo. El blanco y negro en la cartulina mate con hongo, ha tapado también, la mitad de mi foto de preescolar.

Me tuve que retratar con Sandra, porque no quedaban varones, ahora me resulta tan absurdo, las maestras nos hicieron infelices a las dos, era tan sencillo como repetir a alguno de los varones para la foto.

EL PARAÍSO PERDIDO

Extraño jugar y fumar cabos en el césped del edificio, *mon belle époque*. Los fumadores lanzaban los restos de sus cigarros, aún encendidos. Se veían como fueguitos que caían en el suelo. ¡Qué peligro! Así que de los tres a los siete, viví en el mundo del micro… paso, azotea, balcones… micro. Mi primer beso me lo dio Richard. Fue en la escalera. Él fumaba de verdad y no tosía. Su hermano también quería besarme, y la madre de ellos odiaba a la mía.

El muñeco rosado llamado Ray fue mi primera gran pérdida, un cigarro de papá lo derritió. Papá no sabía que yo ponía a Ray a dormir en el balcón. Al principio creí que había muerto a causa de las bombas, recuerdo sus ojos azules y su última expresión.

—¡Niños, a morder el palo, las bombas son las enemigas de los tímpanos! Cuando la sirena anuncia ataque aéreo… ¡todos al refugio!

Ensayábamos cada viernes. Por suerte nunca llegaron los aviones, pero durante mucho tiempo soñé con ellos. Así que preparábamos a los juguetes también para la guerra.

Tuve una muñeca, de cara angulosa, cabezona, plástica... transparente. Con su uniforme verde olivo murió a causa de una dinamita y la sepultamos en el refugio. Hecha en Checoslovaquia. En la etiqueta de su vestido había una mancha. Tenía ojos grandes, una sonrisa con dientes blancos dibujados, pelirroja, con cerquillo y una bata a relieve, azul oscuro. Conservó la misma expresión, mientras las gotas del aguacero y los trozos de tierra roja, la iban tapando completa.

Con la ausencia de mi madre se escucharon las últimas dinamitas. Ya el refugio estaba profundo. Ahora jugábamos con los vivos, con los que la gente compraba por sacos.

Papá adquirió cien, así que le pedí que me dejara uno. Cuando lo pienso, resulta algo exótico adoptar a un cangrejo. Lo sacaba a pasear con un hilo amarrado a una de sus patas. El hilo lo guiaba, pero hacía círculos, rutas caóticas, hasta que perdió la mejor muela. Comenzó a oler fuerte y soltaba espuma por la boca. Se convirtió en mi primer muerto con olor. Un nuevo deceso en el balcón. Nunca volví a jugar con un cangrejo. Descubrí que estos, al igual que los muñecos, conservaban la misma expresión, porque parecían de plástico.

Los voy a tirar a los dos, jú, a tu hermano y a ti, jú. Al latón de la basura, jú.

Por un instante, creí que alguien me leía el pensamiento. Ahora me siento como en cámara lenta. Estoy tratando de regresar a mi cuerpo, porque mi mente se aleja demasiado. Los rostros me dan vueltas, hasta que finalmente consigo ver a la madre, al hombre calvo, a la viejita, a la mujer del baño, a Rafael —la niña no está—, a la muchacha (yo), a la esposa del hombre de rojo. Todos arrullamos a un bebé que se aleja en los brazos de una madre adolescente.

15:41, según el reloj del salón.

Andaba con su esposo y con los padres de su esposo. Todos atentos al menor movimiento de los niños. Uno, en
los brazos; y el más grande, tomado de su mano. Ella,
por momentos, se ve joven y despreocupada. En otros,
convertida en adulta por la fuerza de la maternidad.

La veo y me asusto de su inseguridad, mientras un
nuevo ómnibus atraca en el puerto. La gente corre a la
taquilla, pero el vendedor la detiene: no trae fallos. Hay
menos voces. Una risa maléfica y las cuerdas de una
guitarra eléctrica provienen del teléfono de un contra-
hecho que atraviesa el salón. Me doy cuenta de que en
provincia todo sucede en un tono menor. Hasta los travestis aquí son más pacatos, pero no deja de parecerme
grotesco el hecho de que un hombre se vista como una
mujer. Hay cierto fetichismo en ello para algunos, pero
a mí me resulta incomprensible el disfraz.

—¿Estará afectado por las piernas?

—¡Por Dios, Yeyé!

—Ay, Señor, usted bien sabe que no me río de su
problema.

—Te ríes, porque eres perversa

—Tiene el torso normal.

—Sí.

— ¿Viste eso? Por culpa de La Violetera perdimos en
El Clásico.

—El equipo no llegó ni a San Francisco.

—La culpa es del *manager*.

—Los machos están de luto, difícilmente hagamos
algo hoy.

—¿Tú sabes cómo nos dicen? Las divas del sacrificio.

—Eso no es tuyo.

—Pues a ver qué pasa con este, y de paso miro lo que
tiene El Buitre. ¿Y cuál es tu plan para hoy?

—No sé, esto anda mal.

Escuché al otro llamarle Mimí. Yeyé y Mimí, vaya cliché. Tiene dos hilos por piernas, caderas estrechas, espaldas anchas y sombra de vellos en el pecho. Parece que es intencional que se rompa la ilusión. En eso si hay cierto arte, al menos por la ironía. No se maquilla muy bien, los chapones de sombra azul se distinguen a pesar de lo oscuro de la calle, se ve grotesco, un tipo humano *queer*.

Me recuerda a Picadillo, el loco de la calle del medio, que es un 3 en 1, loco, pájaro y buzo. Yeyé se fue, es mucho más atractivo. No puedo creer que esté enseñando el hilo dental, se ve perdido buscando el sexo como forma de sostén. Imagino el parqueo de taxis lleno de choferes armando el espectáculo que recién comienza. Sonríe, su dentadura está incompleta. Certera la frase «le cayó comején al piano». Hace un gesto con la pierna y deja ver a un tacón sin la chapilla. Economía de recursos en su vestimenta, una blusita años ochenta amarra su cintura que descubre un abdomen perfecto y, más abajo, la falda: rosa fucsia satinada. Una imagen absolutamente decadente. Se ha quedado solo y su sonrisa esconde dolor.

Si la cosa sigue así, voy a tener que vender algo mañana. A lo mejor el Buitre me compra unos discos que tengo en la casa. A Yeyé no le quedó más remedio que arrancar con Pocho, el cocodrilo botero.

No me gusta correr riesgo, yo prefiero machacar en baja. Jean se enfermó, lo abandonaron en un hospital a su suerte, terminó como la pájara loca y sidosa del cubículo cuatro. Los choferes ahora nos dicen «Las chicas de la lista de espera». Ellos lo saben todo, aquí todo el mundo sabe todo. Esa muchacha tan linda en vez de buscarse a un yuma, sigue obstiná aquí. Dios le da barba al que no tiene quijá.

Eso es lo que creen de mí, que me he quedado varada en esta isla. Hasta un desconocido piensa así respecto a mí. Se ha armado tremenda algarabía en la cola de los taxistas, le buscan la lengua a Mimí.

—¡La tienes así!

Mimí hace un gesto con las manos indicando el tamaño reducido. Estaba parada debajo de la farola, cerca del punto de ventas en moneda libremente convertible. No logro distinguir a los dos hombres que se le acercan, y conversan. Una corriente de aire me pone los pelos de punta, debe ser muy tarde.

Llevo ocho horas aquí. No voy a llamar por teléfono, mucho menos a mamá que se preocupa, y papá enseguida quiere que vuelva. Algunas personas se han dormido, otras se marcharon. Ahora, con la noche, nuevos en la fauna, dos travestis, seguidos de un conductor, reconozco la cara del vendedor, del maletero, del que pesa los equipajes, y algunos vendedores de confituras. En el cristal de venta hay un cartón bloqueando la ventana.

Ogni individuo nasce libero… ma solo per i primi cinque minuti.

Una esposa a su esposo:

Esposa: Sei prigioniero della tv.

Esposo: Non è vero. Guardo solo programmi d´evasione.

Casi todos los temas en mi agenda italiana giran en torno a la libertad. ¿Por qué será que el sexo es húmedo? Tiene que ver con la fecundidad. Nueve meses flotando en ese espacio misterioso, oscuro, es increíble la libertad sexual que experimentan los niños.

—¡Cierren los ojos!

Daba vueltas encima de la mesa del cuarto, usaba una falda verde oscura con flores marrones y debajo desnuda.

—No vemos nada.

—¡Vuelvan a cerrarlos!

Giré más veces.

—¿Y ahora?

—Ahora sí, mi hermana, pero ponte el blúmer ya.

Jugaba ese día con los amigos de mi hermano a enseñarles el pipi, y rompí el corazón de Richard, el que fumaba de verdad. Él era gordito como papá y siempre me traía una flor. Richard me contó que, desde el balcón, él y su hermano miraban por la ventana a sus padres haciendo cuchicuchi (así le decíamos). Quería hacerlo conmigo en la escalera, pero solo le di un beso, tenía miedo a quedar embarazada. Todas esas ideas me rondaban cuando apenas tenía unos cinco años. Hay otras, que he descubierto también después de haber perdido la inocencia.

Las niñas iban a la casa de Bebo, que coleccionaba afiches antiguos con muñequitas en serie. Un día me invitaron a ir, y vi como Bebo sentaba a las niñas en sillas pequeña, las entretenía eligiendo las imágenes, para poder acariciarles los muslitos. Balbuceaba las palabras, a causa de la excitación. Las niñas se aprovechaban, porque no sentían el peligro. Bebo, usaba espejuelos para sus grandes ojos de sapo, en medio de su cara grande y de su bemba floja. En pocas palabras, podría decirse que era despreciable. Mi silla era la última, porque al parecer las organizaba por orden de aparición. Primeramente, me mostró los afiches, me gustó el del fondo gris con caras de muñecas amarillas, de porcelana. El póster tenía un estilo *pop*. Bebo se volteó para buscarme además unos colores, así que arranqué del bulto mi afiche y corrí para que no me saltara aquel sapo.

Una mano fría me toca el hombro.

—Van a abrir el salón de adentro para que podamos dormir.

El hombre de rojo vino a auxiliarme. Me doy cuenta de que es madrugada, porque mi mente estaba a muchos años de allí.

EL ALMA DE LAS MUÑECAS

Pocho parqueó su pisicorre en el extremo que da a esta parte de la terminal. El sol me pega fuerte en la cara. En la goma están enfiladas como un ejército vestido de negro. Sobresalen como pinchos, pero son suaves como la yerba. Se sienten en la yema de mis dedos. La manisera me observa acariciar la piltrafa que destaca en la goma de repuesto y retiro las manos. Cuando mi hermano llegó a Pensilvania su primer trabajo consistía en quitar la piltrafa de los neumáticos.

Se requiere de fuerza y concentración. Colocas las piernas de modo que no rocen con la goma. Arrasador el tsunami de caucho que gira a gran velocidad. Bloqueas la oleada de rebaba con el filo de la navaja y llega la calma que sucede a la ola una y otra vez. Baja la marea, el viento mueve la superficie, no sobra nada y se repite por las próximas ocho horas hasta quedar perfectamente lisas.

Los pies de mi hermano se hinchan.

Sus manos son cuchillas.

La foto de mi hermano en un mural con el pie escrito en inglés.

En una fábrica de Carlisle mi hermano es el obrero destacado del mes. Tengo que escribir.

¿Quién dijo que el tiempo cura todas las heridas?

Sería mejor decir el tiempo cura todo menos las heridas.

Con el tiempo el dolor de la separación pierde los límites reales.

Con el tiempo el cuerpo deseado pronto desaparecerá y si el cuerpo que desea ha dejado de existir ya, para el otro, entonces, lo que queda es una herida... sin cuerpo.

He visto muchas veces el documental Sin Sol, *de Chris Marker.*

Todas las cosas tienen una parte invisible.

Es la búsqueda de la invisibilidad lo que me hace escribir.

Mi herida queriendo salir y ser cuerpo. Estuve once años sin ver a mi hermano. Cuando nos reencontramos ya no éramos aquellos jóvenes despreocupados. Parecía como si nunca nos hubiéramos separado. Aun cuando nuestras ausencias eran tristes, muy poco pudimos decirnos, entonces nos limitamos a buscar algún restaurante asiático donde comer y pasar el mal rato.

Los japoneses celebran una ceremonia por el alma de las muñecas rotas. Una encima de la otra derritiéndose en la hoguera, mientras la multitud silenciosa las observa y despide en un ritual que se repite cada 25 de septiembre.

Mi mamá me regañaba por desvestir a las muñecas y dejarlas desnudas. Supongo que yo trataba de entender por qué no crecían como yo. Batou, el protagonista de

Ghost in the Shell, dice que las muñecas son como las niñas. Descartes, que perdió a su única hija, encontró a una muñeca muy parecida a ella, y la guardó con cariño.

A mi cabeza retornan los gritos, pero esta vez vienen de adentro:

> *¡En la loma del Jobito!,*
> *Donde el roble se forjó,*
> *Antonio Maceo gritó:*
> *¡Machete, que son poquitos!*

Había que trotar desde el polígono hasta el comedor, marchar hasta la puerta y comer en diez minutos. Mi primer almuerzo en plena crisis de los 90, en la Escuela Vocacional Militar Camilo Cienfuegos, fue arroz, sopa de arroz y aporreado de pescado.

Aquí comenzó a gestarse mi venganza. Fue como el despertar violento de un sueño dulce, porque explotó la burbuja del cuento de los héroes y las revoluciones. Mi hermano estaba ya en su segundo año de tortura verde preuniversitaria. Me aconsejaba que no entrara en los camilitos, que no era buena idea convertirse en la hija bastarda del desaparecido comandante Camilo Cienfuegos. No me dio más detalles, así que yo, con un temperamento de actriz, pasé allí los peores años de mi vida. Dejar la cama lisa como una pizza, poner los percheros apuntando hacia adentro y mis mejores amigas, son las tres cosas que conservo de aquella experiencia.

Una muñeca vestida de militar esperando a posarse encima de una nueva cama. La encontré tirada entre los trastos que dejó una camilita egresada. Sin saber por qué, comencé a soñar todas las noches con ella. Tenía un sueño recurrente donde la muñeca me estrangulaba, me hablaba, me asustaba, pero, también, competíamos a la más bella, y siempre ganaba ella.

Un día me cansé y la llevé para mi casa. Mamá decía que estaba embrujada. La verdad es que solo así pude dejar de soñar con ella. Otra de las pesadillas era durante las caminatas largas o trotes. Teníamos que cubrir la fila a la distancia de un brazo. Como al ser humano le gusta amasar su pequeño poder, de vez en cuando algún teniente se divertía gritando:

—¡Un avión!

Entonces nosotros teníamos que arrastrarnos por el suelo. El agua fría de los charcos se sentía en el abdomen y los tres kilogramos del casco eran sostenidos por mi cabeza para que no entraran las balas invisibles. Éramos los soldados quinceañeros en el camino sin final.

—¡Camuflaje!

Maquillaje de lodo húmedo resecando la piel cuarteada. Enredos de hojas secas subiendo por el casco y con suerte, si me lo agarraba con fuerza, lograba llegar a la meta.

Luego, el trote del paso doble corto hasta la entrada del comedor, acompañado de un grito:

—¡Pelotón al!

Entonces, nos deteníamos y esperábamos en el salón de entrada al comedor, a que nos indicaran la marcha de nuestra escuadra.

Hay una escuela de ese tipo en cada provincia del país, con un diseño que se conoce como construcciones Girón. Tiene una estructura cuadrada como el sistema de los militares. «Las órdenes se cumplen, luego se discuten». Es la frase que rebasa toda percepción de la lógica. Debe de ser a causa de la militarización, que aquí tienes que probar no que eres inocente, sino culpable.

Desde la ventana del aula mis ojos seguían la línea de la carretera que conducía a mi casa. Detrás, se veía el mar. De noche, en la posta de guardia, se escuchaba la música del Canimao, un cabaret convertido en discoteca.

La comida era insuficiente. Dunia siempre tenía hambre. Yo soñaba con turrones de maní caseros y ella, con cubos de arroz y frijoles. Frecuentemente acontecían robos en el cuartel. Me dejaron sin blúmers. Pensaba que andaban por algún lado hasta que caí en la cuenta de que me los habían ido llevando poco a poco de la tendedera.

Odiaba el adoctrinamiento de los militares, por eso cuando me proponían un cargo lo rechazaba. Pero ocurrió finalmente que me dejaron de sargento en el cuartel.

Dunia, bajo mi mando, sustrajo comida de los closets. No quise probar lo que ella robó, pero con mi silencio le di la aprobación. Nunca más me dejaron de sargento, y Dunia casi se muere de hambre.

Estábamos enclenques. Pero en la beca, como en la cárcel, sobrevive siempre el más fuerte. Cada domingo mis lágrimas almidonaban el uniforme verde olivo. Once deméritos en tu tarjeta de reportes y te quitaban un día del pase; dieciséis, el fin de semana completo.

Llaman para mi destino, casi es mediodía. El hombre de rojo y su esposa se emocionan con los tiques en las manos. Hay nuevos rostros detrás y muchas personas delante de mí, que no había visto. Ayer yo iba delante. Hoy quedé para el final. Debe ser que esperaban sentadas del otro lado de la estación. Terminó la capacidad y ahora soy el fatídico número trece.

BEBO MÁS GRANDE

Bebo vivía en un edificio próximo al mío. Tenía como tres hijos mayores que yo. A pesar de su pedofilia, nunca tuvo problemas con la justicia. Sabía disimular muy bien. Además, se conformaba con tocar.

Él trabajaba en los camilitos, en los mismos donde años más tarde comencé a estudiar. Bebo nunca cambió, allí se ocupaba de la imprenta. Tenía la categoría de civil de las FAR, por lo que no vestía de uniforme. Se mantenía cerca de los papeles y los libros.

Sandra no estaba preparada para el examen de química y conocía de la debilidad de Bebo. Ahora, y con los años, Bebo había cambiado las muñecas de porcelana por exámenes. Sandra estaba a punto de perder la escuela por bajo índice académico. Siempre fue precoz, de un cuerpo tipo criollita de Wilson, labios gruesos, y un verbo locuaz: quería ser curadora de arte.

Bebo creyó que se aprovecharía de ella, pero Sandra lo engañó, o, tal vez, se usaron los dos. Ella coqueteaba con él, a cambio de salvar su año. Sandra nos pidió ayuda a Dunia y a mí. Nosotras lo entretuvimos con preguntas absurdas, mientras Bebo trataba de aproximarse. Corrimos como locas dentro de aquel almacén. Volví a la infancia, escapando ahora de un viejo sapo.

Los del departamento de Contra Inteligencia Militar, sospechaban de él. Se habían dado escándalos con otros exámenes. Sandra apareció con un pomo de orine en las manos y le dijo:

—Mira, tuve que orinar allá atrás, porque no podía aguantar más.

Bebo estaba excitado. Sandra arrancó el examen de química del bulto de papeles amontonados, y salió corriendo.

Desde las escaleras veíamos una parte del rostro de Bebo. Nos enseñaba el rabo agarrado entre las manos. Gritaba fuera de sí: ¡No se vayan! ¡Esperen! Quería terminar su función. Nosotras partimos sin mirar atrás, como diría un bolero. Al final, Sandra no pudo salvar su año, ni Bebo su pellejo. Pero Bebo nunca fue acusado de acoso sexual, sino de fraude. Solo quedamos en la escuela Dunia y yo.

LOS ASESINOS

Ya no sé ni qué hora es. Siento el sabor del chocolate, pero al mismo tiempo es fresa. Es posible que sea el remanente de la fresa en la boleadora. Pude haber llamado a Dunia, de mis amigas aquí solo queda ella, y es la que más cerca vive. Sandra escribe cada vez menos. Lo que me atrapa es la idea de tener un destino, el poder de controlar la ruta, por eso no me fui a dormir a casa de Dunia.

Es de noche, a esta hora disminuye el tráfico, puedo terminar mi helado en medio de la calle y sentir el chirrido de las ruedas de mi maleta. La luna está enorme, pero no es la luna de mi destino. Se me antoja que en este instante es solo mi luna, y si no permanezco estática, estaré viendo la otra cara. Giro en círculos continuos:

—¡Quédate! ¡Quédate!

Con los ojos cerrados, la frialdad del disco me golpea la frente, mis pies son más livianos, me yergo libre y dibujo un paisaje sin cielo. La luz no me deja ver la calle. Tengo tiempo, dos fechas… 3 de junio de llegada… no saber mi fecha de salida no es noticia.

Me descubro en el cristal de una vidriera… aún espero. Mi doble en el espejo reacciona y me separa de la noche. Un reflejo me espanta, pero me detengo a mirar en el borde izquierdo, donde se refleja la misma escena de Mimí debajo de la farola. Esta vez, en el extremo opuesto sin luz. En el suelo distingo los tacones que se sacuden de la golpiza y caen vencidos. Mimí es golpeada por dos hombres. ¿Los mismos de antes? ¿Los que hace un rato coqueteaban?

—¿Tienes hora?

—No

—¿Sabes a qué hora se retoman las entradas?

—¿A las 6?

—No sé, te estoy preguntando.

Me devuelvo y la escena ha quedado completamente vacía. Un nudo en la garganta me enmudece y el hombre de rojo espera una respuesta hasta que rompe el silencio incómodo, él tampoco se ha podido ir.

—La vieja sí se fue a dormir, pero a mí la noche no me hace daño. Yo soy custodio, lo que pasa es que estoy de vacaciones y queremos estar unos días con la nieta. Dicen que aquello se ha puesto violento, hace mucho que no voy por allá. Mi hija trabaja en una escuela de música y me contó que al padre de una compañera, una de sus alumnas lo asesinó a sangre fría. Resulta que ella tocaba en la orquesta de la escuela, estaba mal de la cabeza. A la orquesta la invitaron a tocar en Luxemburgo y el profesor no la incluyó en la selección, porque la chiquita estaba en medio de una crisis. Creo que es hasta esquizofrénica. El caso es que él no la dejó viajar, y dicen que ella dijo: «Le voy a dar por donde más le duele».

Llegó a su casa, el padre de la profesora abrió la puerta, supongo que hasta lo conocía, era un hombre anciano, y le entró a puñaladas. La policía llegó y ella estaba lavándose las manos ensangrentadas en el fregadero, ¡qué cosa tan grande!

—Escalofriante.

—¡No!, y otro custodio que se cayó en uno de esos huecos que hay en todas las aceras, lo encontraron muerto al tercer día, y eso, por el olor, porque el viejo vivía solo.

Yeyé no ha regresado. Al parecer nadie notó nada, excepto yo. Este hombre no se ha dado ni por enterado. ¿Habrá sido una visión? ¿A qué vienen esas historias? ¿Tendrá él algo que ver...? Es absurdo, ese hombre se ve que no mata ni una mosca.

Dunia me contó, que en la parte de afuera de un hospital, había un hombre tirado en el suelo. Llamó a los paramédicos, pero le dijeron que no tenían a dónde trasladarlo. Qué ironía, los camilleros dijeron que no había camillas El hombre estaba inconsciente. Ella les dio veinte pesos y de inmediato apareció la camilla.

Mi mente está desvariando, puede que hasta tenga fiebre. No pasa nadie para recoger el cuerpo de Mimí. Del otro lado está el bar, y yo solo distingo a Rafael, el que vende los objetos usados, y no entiendo por qué me martilla tanto en la cabeza.

Hoy sí no me pudo decir que tenía peste, pero me dijo que la ropa no estaba bien lavada. No se queda bien con ella.

—*Rafael, vete.*

—*Yo te quiero.*

—*Yo también, pero no es suficiente.*

—*¡Claro!, poderoso caballero «Don Dinero».*

—*El niño no ha comido hoy.*

—Ya tengo un sustituto, por supuesto.

Su esposa lo dejó por otro. Ahora Rafael está solo, es alcohólico y vive prácticamente en la indigencia. En pocas palabras, ella lo abandonó por pobre.

No me gustó que ella le gritara al niño delante del tipo ese. Me dijo que yo formaba parte de una estructura, y que fue la estructura la que no la dejó ser feliz. Quiero ver cómo salgo de esto para ayudar más al niño. Hoy me volvieron a dejar quemado con las revistas. Voy a bajarme un traguito, está haciendo tremendo frío.

Retengo a Rafael en mi diario. Trato de no aproximarme mucho, porque no quiero que piense mal de mí.

—Mijo, ¡qué cambio!

—¿Viste? Uno tiene que cambiar el *lux* de vez en cuando, es que fui a ver a una jebita que tengo.

—¡Ah, sí!, qué bien ¿tú vas a entrar a la terminal?

—Después de que me tome este traguito.

—Chico, ¿tú no viste a mi amiga por el camino?

—No.

Yeyé parece estar desesperado. Observa con detenimiento a Rafael, y bebe.

Este Rafael ni bañado huele bien, tiene la peste incrustá en la piel. ¿Dónde se habrá metido esta loca ahora? Quedamos en vernos aquí. Ella gozando y una aquí, con la cabeza hecha agua. No sé qué hacer, si me voy y le pasa algo, ¡ay, pinga, qué va!, juntas hasta que la muerte nos separe. ¡Por Dios, ni jugando! Mira que hay un pedido de pájaras en el cielo.

Escondo mis manos heladas debajo del abrigo.

El reloj de la estación se detuvo.

Ya cerró su ventanilla el hombre que pesa el equipaje.

Pestañeo con frecuencia, pero no quiero dormir.

Regreso al cristal y busco lo que queda de madrugada.

A lo lejos distingo el paso de Yeyé. Sigue el mismo camino que Mimí, a la derecha del parque. Se aleja.

Del otro lado los boteros, si saben algo, en cuanto me vean llegar harán silencio.

E:
Estuve aquí. Hace días no sé nada de ti. Perdóname.
Llámame por favor.
A.

Las imágenes se agolpan en mi mente. Mi pasado con E, mi pelea con F. El rostro de mamá loca. Mi hermano desaparecido. La consabida ausencia de papá. Papá disfrazado de capitán del Ejército Occidental. La voz de Dunia me cuenta que vio a mi hermano saliendo para el refugio cerca del matorral.

Mamá lee un libro de sicología austriaca.

¿Cómo educar a los niños?

«Se deben vigilar los juegos de los varones, si juegan con niños más grandes, los grandes pueden abusar sexualmente de los más pequeños».

Recuerdo la expresión de susto de mi hermano. Apareció muy tarde: a él, a Richard y a su hermano, los habían amarrado y los tenían bastante lejos de la casa, dentro de un pozo sin agua.

Si Yeyé hubiera pasado diez minutos antes por aquella esquina.
10 minutos antes del atraco.

—Voy a dar una vuelta a ver si veo a Mimí.

—Espérate, te invito.

—¿Tú?

—Sí, para que veas que yo no tengo prejuicios.

—Esto sí es un acontecimiento.

—Vamos a brindar… ¿por qué brindamos?

—No sé, por el porvenir.

—Este barcito empezó siendo nada, ¡han prosperado!

—¿Tú sabes la cantidad de borrachos que hay en esta ciudad?

—Demasiada presión, mírame a mí, licenciado en Física, di clases en todas las secundarias de esta provincia… pero no hago fraude.

—Ay, mijo, yo sí soy brutísima, fíjate que llegué a noveno grado, porque me regalaron las notas.

—A mí no me importa tanto lo de la calle, es que no quiero problemas con mi hermana, me voy a desgraciar. La vieja no tiene la culpa. Mi hermana tiene un marido presidiario y el tipo las aterroriza, me manda recados con la vieja para que ni me aparezca por allá.

—Rafa, tú tienes derecho, no seas bobo, lucha lo tuyo, porque te van a dejar sin nada.

—Yo le construí una casa a mi mujer y un buen día me dejó por otro. Al final me engañó, y lo que más me duele es que al niño lo esté criando el tipo ese, ¿tú sabes lo que es eso? Yo vivía para ellos y lo que tengo ahora es el cielo y el puestecito de mi lucha.

—Mírame a mí, en este negocio he pasado por todo, hasta me acosté con el que despingó a una de mis amigas. Me lo dijo todo en la cama. Imagínate que le dio veintiuna puñaladas. Pero lo que no le he contado a nadie es que volví a acostarme con él después de saberlo.Me volví loca con su guapería y su voz ronca. Ahora me pesa.

—¿Otro traguito, Yeyé?

—Un momento, ¿esa es la hora? Tengo que irme, quedé con Mimí. Nos vemos, Rafa, aquí lo que no hay es que morirse.

Me entretuve con la charla. Yeyé salió un poco contrariado del bar.

¿Qué querrá conmigo? Yo creo que le gusto. Él no luce mal, además tiene una sonrisa...lo de la peste se resuelve con un estropajo. Con lo miedosa que es Mimí, me extraña que a esta hora no haya llegado. Mañana encargo los materiales que me faltan. Mi mamá también quiere que la acompañe al hospital. No tengo nada para llevarle al médico.

Rafael lo sigue de manera discreta con la vista.

A veces a uno se le olvida que es un tipo, pero si toco debajo de la saya me llevo un susto del carajo. Tengo que ponerme las pilas con El Buitre, me tiene seco robándose la clientela. Voy a tirarme un rato.

No habrá nunca una puerta. Estás adentro y no tiene ni anverso ni reverso, ni externo muro ni secreto centro.
Jorge Luis Borges

El regreso de este viaje no es cualquier regreso. Mi vida cambió para siempre.
L.

Fue la madrugada más fría de mi vida. La luz asomó anunciando el día. Toda fealdad desapareció al amanecer. Cuánto frío debajo de su espalda y mis ojos en su cuerpo atravesado en la línea. ¿Cómo llegó hasta aquí?

Al fondo, la ciudad. Nunca había visto un rostro así, enajenado de sí mismo. Una línea delgada de sangre en la parte superior de su labio bajaba hasta la garganta. Los zapatos ya no estaban, pero sí la falda fucsia y la blusa sucia. Al final, el fierro de los raíles hasta el infinito, y su cadáver suplicándoles: no me abandonen. La hilera de ferrocarriles vacíos anunció el final de su viaje... Ausente, los ojos en blanco, la boca de Mimí es una mueca... *C'est fini.*

Mi viaje se trastocaba ahora en el viaje hacia la morgue... hacia la investigación policial.

Lo negué tres veces como hizo Pedro con Jesús, y aun así continuó el interrogatorio.

La natilla tenía grumos y un sabor horrible. No nos dejaron salir, así que almorzamos en la estación policial.

Pensé que terminaría congelada y sin poder hablar, como en la entrada de aquel teatro en Innsbruck. Llegamos tarde y la portera nos trató con desprecio. Nos sopló como a tres insectos que ensombrecen el blanco de una luz fría. Sandra estaba invitada por los músicos de la orquesta. Había tocado durante un tiempo con ellos.

—El concierto ya empezó, no se puede interrumpir.

Se cuadró la portera de la cara pálida y extremadamente delgada. Sandra peleaba con ella en alemán con buen acento cubano.

—Mire a esas personas como entran tarde.

—Shhh

—No me mande a callar.

—Shhh

—No me haga más shhh.

—Shhh

—Yo no soy una campesina.

—Shhh. Si no salen de aquí llamaré a la policía.

Al parecer la palabra policía se parece en todos los idiomas, *policei* fue lo único que entendi. En ese instante comprendí la soledad de Sandra. Desde niña le sangraban los dedos sobre su viejo chelo. Se casó y se fue a vivir con su esposo a Austria. Terminó sus estudios de música allá.

A veces, escucho de manera distante cómo llaman a algunos de los pasajeros que esperan desde hace tres días, como yo, y ahora nos vemos envueltos en el caso «Terminal».

Para los austriacos nada es de vida o muerte. Insolente la portera, pensaba mientras la observaba. Luego de que nos botara del teatro, estuvimos media hora con nieve, esperando el intermedio para poder entrar. Mira que la mente es extraña.

—La última vez que viste a la víctima, Maikel Rodríguez Fernández, alias Mimí, fue en la entrada de la estación.

—Asentí.

¡Cobarde! Lo sabes todo. Tanto escribir de los sentimientos…para terminar sintiendo nada.

Esas frases retumbando en mis arterias como espasmos de una enfermedad.

Llené un acta. Me tomaron las huellas dactilares. Revisaron mi equipaje, y me separaron del grupo.

Yo era un témpano de hielo, inconmovible, indiferente.

Fui la primera en abandonar la estación policial, ni siquiera me volteé a mirar. En ese momento asumí que Mimí se había buscado su muerte y que no debía sentir el menor remordimiento por él. Mirar atrás significaba la culpa, la conmiseración, algo con lo que cargaba desde mis siete años.

Sentí que mis lágrimas no eran mis lágrimas, sino las lágrimas de Liba, *la femme fatal de la rué de Trípoli*. Siempre he odiado mi nombre, así que elegí otro nuevo. Aún bajo la lluvia, decidí caminar hasta mi terminal. Las gotas empiezan a engordar y me golpean los pulmones. Le tengo terror a las gripes, a los virus. No me gusta enfermarme. Dicen que la tercera guerra mundial será biológica y que muy pocos se podrán salvar.

Ocupo el mismo asiento, siento el vértigo de un día que comienza repitiendo la rutina de otro día que recién terminó. Los restos de lluvia golpean en el cinc oxidado que sobresale de la marquesina. El tráfico nuevo inunda la vieja calle, y la fila de ancianos avanza para recibir la dosis de noticias del día provenientes del *Granma*, el diario cansado.

La lluvia barre la mugre de la madrugada, pero es mediodía otra vez. Mis lágrimas brotaron y la gente pensó que eran a causa del funeral, que aún pasaban por la televisión. Anunciaron que continuaría en los próximos siete días, para todo el que quisiera ver al presidente. ¿Estarán ensayando el velorio de Fidel Castro? Seguro será la nueva novena cristiana del último rey católico. Mi llanto se mezcla con la lluvia en mi cara, los dos son salados.

Hoy habrá dos funerales. La noticia de Mimí corrió de boca en boca, y el día se fue poniendo triste. Lo recuerdo vagando en la estación en busca de sus victimarios, que pueden estar ahora mismo entre nosotros, mientras Yeyé carga con la culpa.

Me quito los restos de noche de mis dientes y me descubro ojerosa, más delgada y culpable.

—Mi niña, ¿pero todavía tú no te has ido?

—¿Tiene papel?

—¡Sí, cómo no! En el lavamanos hay un pedazo de jabón también.

—Gracias.

—¿Viste eso? ¿Quién lo iba a decir? Me dijeron que Yeyé está metida en eso. Creo que fue por dinero, o no sé muy bien. Menos mal que me fui antes, porque han tenido a todo el turno de anoche interrogándolo.

Ya no puedo ver el dibujo de mi cara en el espejo del baño, me he quedado en blanco mientras la arrendataria me cuenta su versión de los hechos. A esta hora aún inmóvil en el viaje de la espera. Me lavo las manos y, conmigo, Pilatos y Lady Macbeth. La espuma negra se esparce por el esmalte. Me enjuago con el agua helada, lo que resalta la palidez.

Permanecí impávida frente al crepúsculo de Mimí, como una instantánea que detuvo el tiempo en su cuerpo. A fin de cuentas yo maté a alguien, pero no fue a Mimí. Si todos ellos supieran lo que hice. Una vez más me ahogué en mi propio llanto.

Es el carácter lo que define el destino de un personaje:
- *La ambición de Emma Bovary.*
- *La infidelidad de Anna Karènina.*
- *El* sex-appeal *de Marilyn Monroe.*
- *La máscara de Mimí.*
- *La culpa de Mailin, Lynn y Liba.*

La madrugada inmovilizó mi destino.
Soy Liba, detenida en un banco de pino azul.
Mimí ya es libre, mi alma sigue presa.

La libertà non si tocca, si può solo comprarla e venderla.

Una nueva página en mi diario me devuelve a tierra.

Yeyé traía mucha prisa anoche, ¿por qué se desvió? Miro a todos ahora con sospecha. Vi en una película surcoreana que cuando se investiga la muerte de alguien, no se puede confiar en nadie. Llegó el maletero. Me hace una seña de que lo soltaron. Ayer éramos desconocidos, hoy somos remeros de una misma barca. Somos culpables. Estoy segura de que Mimí hablaba con sus asesinos, cuando lo vi a través del cristal. Así que uno de ellos, la tiene chiquita (el gesto de la víctima delató a su victimario). Pero no voy a buscar debajo de los pantalones de nadie, así que esa información no me sirve de mucho. Además, no confío en el sistema de medida de Mimí, a lo mejor lo dijo por despecho.

¿Será cierto eso de que las mujeres siempre miramos para las portañuelas? El hombre de las maletas, anoche, después de cerrar su ventanilla, desapareció. Cuando almorzamos en la estación policial, se puso nervioso y le sentí olor a alcohol. Me pareció leer que nació en Camagüey. En la foto del carné tenía bigotes afrancesados, un poco cheos ahora, al estilo de Julián del Casal. Le gusta ser el centro, hacer chistes de mal gusto y fuera de lugar, es de esos que te tocan mientras habla, y te señala. Me sonríe mientras coloca un cartel *Estoy en el baño*.

Puede que haya sido homofobia, como le sucedió a aquel actor de televisión famoso, Miguel Navarro; o a Franco, no recuerdo su apellido, el director italiano de teatro. A los dos los asesinaron en la casa.

El mismo patrón: sexo en tríos. Los extranjeros, especialmente, se descocotan en la isla, porque Cuba es como Las Vegas. Aquí se olvida el olvido. Los asesinos de la isla, los mata-pájaros-viejos. Los Adonis-pingueros se mueven de las provincias hacia La Habana. Visten bien ajustados. Exhiben sus bíceps y sus tríceps. No discriminan entre un extranjero o un cubano de buena posición económica. Usan su carne fresca como señuelo y se enmascaran en la jungla de concreto y asfalto. Las víctimas que los coleccionan, disfrutan de los nuevos torsos y tersos cutis, a cambio de ser degollados por un poco de dinero y algunos trastos electrónicos. Se les dice HSH a los que tienen sexo con hombres, pero no se sienten homosexuales. Los que se prostituyen pueden llegar a matar a sus víctimas, bien por estupidez, bien porque son testigos de su vergüenza, lo cual es doblemente torcido. Yo no reparé mucho en aquellos hombres. La imagen de Mimí era grotesca, de modo que opacaba a todo el que caminara a su lado. Sin embargo, aún me golpea su vozarrón gritando:

—¡La tienes así!

Voy al baño a lavarme las manos.

—Lo recogieron y lo colgaron. Colgado por las piernas, como un animal.

La esposa del hombre de rojo regresó espantada por lo que había visto. Estuvo en la morgue, no explicó por qué. Veo a la mujer en la mirilla del rifle de un cazador, pero ella apura el paso como si presintiera el plomo apuntando a su cabeza. Su piel parece un periódico estrujado, producto del sol. Tiene las manos ásperas y las venas a punto de explotar. Sus ojos adormecidos, ignoraron atardeceres… semanas… estaciones… y transformaron el pelo sedoso en greñas cenizas, que cubren el labio superior mientras habla y gesticula. Unos hematomas en los antebrazos delatan la fragilidad a causa de la delgadez. Las manchas en las manos y el crecimiento de los cartílagos son aún incipientes, para su suerte. Finalmente, la pierdo de vista justo en el momento en que me dice que en la nueva lista hago el número dieciocho. Me pareció entender que su esposo sigue en la estación policial. Me salgo del nuevo grupo y no me reconozco. En el cristal veo a un rostro extraño… mi rostro.

Aborrezco la tarde.

Queda un poco de batido en el vaso y azúcar en el fondo.

Hay un universo gravitando en mis manos ignorantes del tiempo.

Bebí el último sorbo y bebió la humanidad conmigo.

Las lágrimas nuevamente brotaron como en hemofilia.

Sentí el cuerpo... el único equipaje que va conmigo a todas partes.

Otra lágrima descendió por las mejillas y humedeció los labios.

Hay sal en el paladar

EL PASADO.

Teófilo, el estudiante angolano que va ahora delante de mí, tiene en su laptop un video clip de una cantante también angolana.

—El tren es bueno, gracias al tren que nos trae alegría…

Le traduce la letra del portugués al castellano a su amiga. La cantante es negra y atractiva. Baila con mucha sensualidad en la línea del ferrocarril. Al fondo se ven chozas y platanares. Una película de una estación alegre dentro de la novela de una estación triste.

—Cuando mi mamá estuvo en Angola explotó una bomba en la planta baja del edificio donde ella vivía. Murieron muchas personas. Todos eran hombres. Se salvó, porque estaba afuera despidiendo a una amiga y, a causa del frío, le dijo que entrara en su auto unos segundos antes de la explosión.

En las paredes de un edificio en Luanda veo los sesos y los últimos deseos de aquellos hombres. Teófilo se quedó en silencio un rato largo, se quitó las gafas y cambió la música.

La libertá è un bene prezioso. Per questo non possiamo darla a tutti. Teófilo es muy joven, la guerra angolana para él, es cosa del pasado.

—Yo soy el segundo de mi familia en venir a estudiar medicina. Nosotros somos siete hermanos, tres hombres y cuatro mujeres. Ojalá algún día puedas ir a visitarme.

Se apagan sus voces dentro de mi cabeza que está en la puerta de abordaje con un grupo de maestros africanos. Iban a un congreso en Londres. Los negros con sus trajes tradicionales y sus sombreros... yo veía paisajes. Quería hablarles. Entré al baño con una botella vacía en la mano.

—*Could I borrow your bottle, please?*
—*Sure, let me have a sip first.*

Se me acercó una mujer negra de unos cincuenta años. Formaba parte del grupo. En el aeropuerto de Ámsterdam no podíamos comprar ni siquiera agua. Ella me habló en un inglés creole y no sé si fue la fiebre del cansancio, pero pude entenderla. Era su primera vez fuera de Kenia. Me contó de los embarazos en las adolescentes africanas, tenía un estudio sobre el tema y lo iba a exponer en ese congreso. A causa del hechizo se fue mi avión. La voz de Teófilo se siente más lejana. F reaparece en mi mente una y otra vez. Siempre la misma foto de F, el muchacho de una sola cara, atento, nervioso y torpe. De apariencia quijotesca y expresiones pueriles.

¿Qué es más importante satisfacer mil deseos o conquistar solo uno?
Para Schopenhauer solo existen los deseos.

No veo otra forma de retener la belleza… Mimí es libre… Sus asesinos la salvaron justo en el instante de esparcimiento donde el ser humano se cree eterno, y ahora está en otro rumbo… por otra estación. Siento temor de escuchar voces en mi cabeza. Tengo ideas fijas, pero desaparecen cuando escribo.

Tres cigarrillos encendidos en perfecto triángulo. Uno de sus vértices es la ventanilla del maletero. El hombre pesa el equipaje, corta el cartón-comprobante y pide por el próximo. Los equipajes más pesados se arrastran hasta la pesa. Su columna se resiente y hace estiramiento para aliviar el dolor. Un pasajero le deja un peso de propina.

La viejita de olor a café exhuma a su esposo. La niña encontró una lagartija que llora. El padre es feliz. El hombre calvo trabaja de barbero. A través del vidrio de una ventana fría, veo a F en el Enuma's Café, esperando por toda la eternidad.

¿Eres feliz?

Sí No No sé

¿Puedes responder a esta pregunta?

La felicidad es un estado mental que no se adquiere con la abundancia de bienes materiales o una suma elevada de dinero…

Iglesia Evangélica Pentecostal.

La hora de la luz.

Porque la paga del pecado es muerte, mientras que la dádiva de Dios es vida eterna en Cristo Jesús, nuestro Señor (Romanos 6:23).

Entró una beata y me puso el extracto religioso en la mano. Traía una euforia de ayuda al prójimo, que iba desde el gesto de siéntese en mi puesto, recogerle la cartera a una anciana, hasta devolver el carácter a un patético *Cuban cowboy*. En medio del salón este vaquero, en franca desesperación, no se supo por qué, lanzó sus botas.

—*Sono ogni giorno meno libero.*

A esta hora se pone el sol en Venecia. Regresamos del paseo. Mientras se aleja el ferri me visualizo en la góndola, atravesando la laguna adriática. Canto una canción infantil:

Tengo una yegüita flaca,
waqui, waqui, waqui,
como la cola de un pavo,
que tiene una peladura,
desde la cabeza al rabo.
Cuando la pincho relincha,
waqui, waqui, waqui,
brinca como cucaracha,
tiene una orejita gacha,
waqui, waqui, waqui,
 llenita de garrapatas.
 Para verte los domingos,
¡qué yegua tengo, muchacha!

Mientras me alejo de la ciudad misteriosa, recuerdo los arrullos de papá. Atravieso la puerta de Alicia y veo maravillas. Buscaba un café y descubrí que podía pedir café de cualquier parte del mundo. La plaza de San Marcos es la Torre de Babel, las calles son estrechas, los africanos venden mercancía negra. Suspiras y encuentras el puente de los enamorados. Un acordeón y su acordeonista, desgastados, en las calles de adoquines. Los turistas lanzan monedas al suelo. Mi reflejo está en la vidriera de una tienda de disfraces. Entonces, mi cabeza completa el cuerpo de un antiguo maniquí. Iglesias profanadas por el turismo, murmullos, frases inconexas, singularidad. Venecia regresa en nostalgia por sentirlo todo.

Desde la distancia parece un sueño, un espejismo, una alucinación.

Porque es verdad que la vida es sueño,
*   Y los sueños, sueños son.*
*   Dijo Calderón de la Barca.*

Mi amigo el poeta dice que solo somos pasajeros. Cierta vez se encontró con Stephen Machat, candidato a senador en la Florida. Machat es progresista, admira de Cuba que la salud es gratuita. Siente gran respeto por mi amigo, el poeta. Entre ellos mediaba un traductor, pero a veces, y de forma misteriosa, se entendían a pesar de no hablar la misma lengua.

EXHUMACIÓN

Nos levantamos antes de lo planeado y tomamos tres autobuses, uno detrás de otro, cosa extraña.

Cementerio de Colón 9:15 a.m.

Sobrecogidos, prácticamente sin hablar, repasando una y otra vez cada esqueleto expuesto. E y yo caminamos. E preguntó si yo recordaba la ropa de mi abuela. Un vestido amarillo claro, estampado con círculos de todos los colores. No la encontré hasta que el sepulturero la nombró. La nombró como si estuviese viva. Nos pidió una toalla, pero no teníamos. Los huesos quedaron expuestos, mientras componían el cráneo dividido en dos a causa de la autopsia. Levantaron su vestido y no había nada dentro. Aún recuerdo el olor a hierro de la sangre.

En el fondo de la caja quedaban trapos y tierra roja. La tierra roja es el polvo molido de la carne de su cuerpo. Dentro de las medias sucias había huesos minúsculos, provenientes de tobillos y falanges. Nunca he visto a los cubanos tan callados como aquel día. Pusieron el nombre de mi abuela, con letras negras, en una cajita de concreto. Caminamos hasta el osario del edificio blanco. En una gaveta quedaron los restos de mi abuela. Subimos antes de tiempo y nos regañaron. Luego supimos la dirección exacta del lugar.

Cartulina blanca y negra. De izquierda a derecha, mi abuela es la tercera. Junto a ella, mi abuelo. Mis padres están vestidos de novios. Todos lucen atentos a la notaria. Mis padres firman el pacto que los unirá para siempre. Me digo: «Esta es mi familia». Era mi familia, antes de que yo naciera. Lazo, consanguinidad, ascendencia. Ha muerto la mitad de la gente que está atrapada en esa foto. Me siento presa de un tiempo de posibles, y recuerdo desde el de los imposibles. Ha muerto el sueño. Hemos sepultado la poesía.

Mi abuela murió recordando a Segundo, el guajiro alto que tenía aquello grandísimo. Se reía burlona, por los apretones en los bailes del domingo. Al oído, Segundo le contaba sus secretos.

Ayer pagué la cuota anual en el cementerio, cobran diez pesos por una cajita en el edificio de las cajitas iguales. El enterrador me corrigió una vez más la dirección y me explicó, que si no pagas en tiempo, lanzan los restos a la fosa común.

LOS VIAJES

Son las doce de la noche y en Alemania ya amanece. Vivimos con seis horas de retraso con respecto al otro lado del mundo.

Colón pensó que su reloj se descompuso en el viaje y lo cambió por uno de oro.

En el otro lado del Atlántico estoy sentada a la mesa del café. Veo los delgados puntos que se convierten en potentes copos y blanquean los árboles sin follaje de la avenida. Voy cada semana a ese café. Luego, paso por la casa de F. Cuatro días del mes que me hacen llorar. Un amor desde lejos, de nuevo milenio, o de otro antiguo milenio. Un desear y no hablar, un besar sin tocar, un abrazar sin rozar, un suspirar.

—Nos vemos la semana que viene.

—Esto es lo último de Tarantino.

Me quedo un rato más. Mirábamos una escena del filme *Django*, de Tarantino. El mayordomo, un esclavo, les muestra a los huéspedes la espalda llena de azotes de otra esclava. Siento la respiración de F. La esclava es la presa codiciada. F comenta algo, pero no lo escucho. El mayordomo descubre que la esclava es la esposa de uno de los huéspedes, un hombre negro pero libre. El mayordomo lo cuenta a su amo. F ajusta la imagen con el *mouse* próximo a mi muslo izquierdo. El amo muestra el cráneo de un negro, insulta a los invitados, y corre sangre en la mesa. Tomo la cartera y me levanto.

—¿Quieres un café?

Contengo la respiración, aprieto las piernas y con la ciudad ya mojada, decido si me quedo un rato más allí. Ahora escucho este tema, dentro de una selección que me regaló Dunia.

> *Birds are blue I miss the bus. I said oh... how I love to live in you... oh, oh my favorite slow, and I could have my favorite snow...Oh... how I love to live in you, stay, stay, stay.*

Düsseldorfer
Schauspielhaus
Kleines Haus
Eines Langen Tages Reise in die Nacht
Von Eugene O´Neill

Cada día veo una nueva obra en el Schauspielhaus. Es mi primera vez degustando un pastel de manzanas muy caliente y una bola de helado de vainilla. Mezcla de lo caliente con lo frío. Hago felices a todos colgando fotos en el muro, donde aparezco más feliz. El café se llama Enuma y el dueño es un italiano radicado aquí desde hace catorce años. Se llama Mario y Enuma fue una gran amiga que murió de cáncer a los veintitrés. Mario conversa con sus clientes, es lo que lo hace tan popular entre los artistas. La gente de aquí vive dentro de sí misma... siempre hay frío en Alemania.

> *Black, you are... black, you are...*

Estás en la autopista y tu auto no te abandona, pero la ciudad, sí. A mi derecha aparecen los Alpes. La línea de nieve se multiplica en el horizonte, que la transforma en tiras, puntos, bolas. Me hundo en la montaña blanca y siento el olor a nevera limpia.

Mi abuela paterna almidona la ropa verde olivo y es una cuchilla el filo del pantalón. Las manos de mi abuela son campiñas. Mi abuela fue quemando la suciedad del pueblo en su tabla de planchar. El auto en el túnel que sale de la montaña suiza al malecón. El malecón soñado por los viajeros que no llegan a ningún lugar. El final del viaje de la nada, la nada negra que acuchilla el Ejército de Fantasmas desfilando por el campo.

El mismo banco.

El alma rota.

El vientre podrido.

Velar en el infierno.

Cabeza hueca.

Desaparezco.

Sin mente.

Haz.

Espectro.

La semana.

El invierno.

La culpa

El desasosiego.

El río.

El mar.

El tábano.

Minerva en el bosque de Dódona.

La mulata.

El ron.

El tabaco.

Calle Dragones.

Espero y desespero.

Desesperanzada la esperanza.

¿Quién soy?

Floto en la laguna amniótica de mamá. Mi grito al vacío anuncia mi entrada y mi salida nacibunda y moribunda... Alejada de la estrella que me dio vida, inicio el camino de la postergación de mi ocaso en melancólica agonía. La humanidad, un hombre solo repetido por toda la eternidad... todo idéntico.

Boca arriba, con las manos cruzadas sobre el pecho. Luzco perfecta para una foto que me transforma en una masa filosa que atraviesa la tierra, que desgarra mis venas en tinta sangre que borbotea. Escupo una manzana agujereada por gusanos blancos que penetran por todos mis huecos. Saco mis cabellos al viento y vuelvo mi vista hasta reencontrarme en el mismo banco, en estado de putrefacción, hundiéndome lentamente en el desierto terminal de las sin Entradas y sin Salidas.

Respiro lo más hondo que dan mis pulmones. Sin densidad, la luz me atraviesa y la retengo. Otra vez la ciudad y yo: un camino que conduce hasta el final del ómnibus. Este no es sitio para escapar de mis miedos... tengo escalofríos. Mi cuerpo, con tendencia a elevarse, tiene una naturaleza que aborrece el vacío.

He soñado muchas veces que alguien sin rostro me sigue y cuando voy a gritar, un nudo en mi garganta me atasca la voz y enmudezco.

¿Qué hora será en Francia? Imagino una fila de franceses desayunando alrededor del Sena.

En la televisión, un funeral anuncia la llegada al cielo de un nuevo santo. Millones de personas congregadas en las avenidas principales de Caracas. La multitud y el féretro del presidente que se despide con la mano izquierda, y sonríe con beneplácito a las puertas de su fosa. Continúa la marcha de una revolución sin líder.

—Oye, te dije que no me toques allá atrás.

—Anda, Pocho.

—Yo no soy maricón, ¿Qué bolá?

—Ay, mijo, relájate, estás con una hombrecita a todas.

—Dale, que hoy te estás portando mal y no vas a llegar a la nómina.

Mimí en el pisicorre de Pocho la noche del atraco, lo acabo de recordar.

Pocho después de comer el dulce se repugna. Hoy me llevó tenso, lo que me dio fue una miseria. ¡El coño de su madre! Se dio cuenta de que me gusta, fallé, me entregué demasiado. Esa piquera me va a salar la vida. Para la próxima nada de tetas de atrezo, ¿qué se piensa él? Si quiere tetas, que las busque en otra parte. ¿Dónde se habrá metido esta pájara ahora? Esa chiquita lee hasta de madrugada, en vez de disfrutar la vida, sigue ahí clavá en la terminal.

—Mi niña, ¿tú no has visto a la otra que andaba conmigo, la rubia delgada, así como tú?

—No.

—¡Ah!, estás escribiendo.

—Sí.

—¿Eres estudiante?

—No.

—Niña, la calle está dura hay que ser fuerte.

—Sí.

—Si tú la ves, dile que Yeyé la está buscando para matarla.

Yeyé es epatante y tiene tremenda figura. Ojos grandes y verdes, labios gruesos, amplio mentón, la piel muy blanca y el cabello oscuro; lo supe, porque la vi corregir su peluca. Indudablemente, tiene mejor gusto que Mimí. No entiendo qué hace en este lugar tan sórdido. No sé si hice mal, pero pudo haber interpretado que me estaba metiendo en lo que no me importa, en fin, eso es asunto de ellas… o de ellos.

Muy pronto en mi vida fue demasiado tarde. A los dieciocho años ya era demasiado tarde. Entre los dieciocho y los veinticinco años mi rostro emprendió un camino imprevisto.

En una de sus últimas entrevistas, Margarite Duras dijo que su envejecimiento prematuro fue debido al amor. A causa de heridas causadas por hombres a los que amó. Decía también que Sartre no era escritor. Veía la escritura como algo íntimo, emocional y riesgoso.

Hace calor, las putas comen bizcochos y toman café con leche en las mismas mesas de las señoras y damitas burladas, son como moscas empalagadas de noches, de esquinas y estaciones, son moscas al servicio del pueblo, moscas solo para hombres.

Me recuesto al respaldo del asiento próximo, el codo derecho presiona la muñeca izquierda y siento mis pulsaciones como un reloj… otra vez esclava del tiempo. La parte exterior de mi cabeza descansa ahora en el ángulo que forman mis dos brazos agrupados en el mueble. Me dormí por unos minutos.

Cae la tarde en Yemen, viajo con la parsimonia de un dromedario… y otro… y otro… formando una larga fila. El sol baja hasta ser solamente una línea de luz naranja en la penumbra de los rostros y no diferencio ni siquiera el mío. Resalta la kipá en mi cabeza y mis pies descalzos dan unos salticos en la barriga del camello. El camino es recto y no tiene fin. Se escucha un canto triste, un canto gitano que apaga el sol y deshace la ruta tribal que conduce a ninguna parte.

TIEMPOS ESPECIALES

Rincón El Buitre.

La ironía de un glamoroso cartel en medio de un basurero. Lo coherente era el nombre. Cuando alzó su vista, clavé mis ojos en él. ¡Qué sujeto tan bizarro! Me dio miedo, pero no bajé la mirada. Debajo de sus uñas tenía el hollín incrustado como si fuera carbonero. Lucía una barba rojiza con *dreadlocks* de mugre, y una calva escondida tras unas mechas con grasa. Su ropaje era de un verde indefinido, con tres medallas prendadas al bolsillo de la camisa. Estaba contando un mazo de viejas revistas *Tiempos Nuevos*.

—Estas son las últimas.

Parecía leerme el pensamiento. Yo estaba concentrada en el tiempo detenido en las revistas. También pensaba en que cada quien vende lo que es. Había un drama detrás de la máscara sucia de El Buitre.

—Tú no vives aquí.

—No.

—¿Dónde tú vives?

No sé por qué le mentí, cuando en realidad trataba de acercarme a él. Pero ya no podía volver atrás.

Moliere dijo: «No es difícil engañar a alguien, lo difícil es convencerlo de que lo has engañado».

—En París.

—Aquí la gente se las lleva por bultos, porque esto allá fuera se vende caro, igual que los primeros discos de los Van Van.

—¿No tienes ningún disco de Irakere?

—No, ese no lo tengo.

Me mira con cara de quien sospecha y continúa contando. Finge ignorarme. En verdad mis preguntas no eran más que pretextos. El Buitre es un sujeto encerrado en sí mismo, hermético, que me recordaba los envases de vidrio para conservar alimentos. En el fondo yo presentía su fragilidad.

Tiempos Nuevos nº 49
Se edita desde junio de 1943
URSS-INGLATERRA... ¡Seguir adelante!
PUNTO DE VISTA... La reconciliación y las sombras del pasado
HISTORIA Y ACTUALIDAD... El informe secreto sobre Stalin
URSS-CHINA... Una mirada a las reformas
RDA... Elecciones extraordinarias
DERECHOS HUMANOS... Comparemos los datos
Amnistía Internacional en Moscú
MUNDO MENOR... El Hombre y el Sistema
LÓGICA FEMENINA... ¿Olvidaremos lo malo?
DIPLOMACIA POPULAR... Estadounidenses cantan una canción rusa
PUNTO DE VISTA... Allá ellos
MESA REDONDA DE T.N... En busca de la verdad ¿Qué ocurrió en Hungría entre octubre y noviembre de 1956?

VIDA POLÍTICA… Crisis constitucional
DESTINOS… Protagonistas de su propio drama
CINE… Búsqueda de las líneas rectas

Me perdí en ese pasado tan glorioso para mí. Una infancia sin razas, ni resentimiento de clases. Debajo de un pisapapeles de plomo, está el semanario soviético del 11 al 15 de diciembre de 1990.

Yo tenía trece años cuando anunciaron la caída del bloque socialista. Un maletín de chambelonas para toda la semana fue lo que pudo llevarme papá aquel domingo, día de visita en el campamento. Fui de las que pasó cuarenta y cinco días trabajando en el campo. Recuerdo la primera vez que estuve frente a un surco de nueve zanjas, que medía una cuadra. Me ordenaron sembrarlo de ajo. Terminé de última, trataba de hacer una obra de arte durante la siembra. Buscaba la perfección. Quería que fuera bello.

La comida del campamento no era buena, y yo siempre fui desganada. Me enloqueció la idea de que solo tendría chambelonas para contrarrestar el sabor horrible en el comedor. Le dije a papá que no las quería, y mamá me explicó que no tenían nada más. Ese fue el inicio de una crisis que acabó con la moral de mi país.

Pasé toda la semana trabajando en el surco, chambeloneando el azúcar fresa. Poco tiempo después, hasta las chambelonas se perdieron. Papá pesaba doscientas libras, bajó a ciento cuarenta, y mamá estaba en la línea. Atrás quedó el sueño de mi maestra de sexto grado.

—La fase más avanzada del comunismo es el trueque. Eso significa que se producirán bienes materiales que satisfagan la necesidad del pueblo, pero solo podrás pedir las cosas que necesitas, a cambio darás aquello que no necesitas. No hará falta el dinero.

Tuve un champú para ocasiones especiales. Me duró un año. El resto del tiempo mi cabeza olía a vinagre. Pasamos el verano del 93 comiendo harina de maíz y ensalada de aguacate. Mamá le dio un poco de carbón a la vecina, ella y su hija llevaban una semana alimentándose con turrones de maní. La biblioteca de la casa fue desapareciendo por el alcantarillado. Solo la sala tenía luz. Había manchas de tizne en el techo, a causa de las chismosas con que nos alumbrábamos en los apagones.

Se valía todo. Las niñas vendieron sus cuerpos en la playa. Mis amigas tenían como meta convertirse en jineteras. Las calles se vaciaron, solo circulaban carretones y bicicletas. Papá recobró su tradición campesina de cantar mientras se ponía el sol, y en los portales del barrio amenizaban los juglares de la Europa Medieval.

—Me quedo con esta.

—Esa es la última que entró. Es una reliquia. Te sale en quince pesos.

—No importa, quiero recordar.

El Buitre me abandona y presta atención a un nuevo cliente. Nada y todo ha cambiado, la ciudad no, la gente sí… yo no. Un gorrión se posa encima del bulto de revistas y me alejo. El gorrión picotea la palabra *Tiempos* que contiene los restos del pan que comía El Buitre.

Hay tres ómnibus en el parqueo, pero ninguno anuncia mi destino. El hombre de rojo fue liberado también, se reincorpora a la espera junto a su esposa. En mi teléfono aparece la foto de mi madre.

—Estoy en el teatro ahora. Te llamo más tarde.

—¿Cómo llegaste?

—Todo bien.

Odio tener que engañar a mamá. La llamada me devolvió a la madrugada, justo donde comenzó todo. Hablar o no hablar, eh ahí el problema. Yeyé no tuvo la culpa, pero está en prisión. Debí haberlo dicho antes, ahora es imposible. Es imposible también, porque se darán cuenta de quién soy. Por otra parte, haber sido interrogada sin que me identificaran, me hace ganar tiempo.

Yo sabía que mi hermano estaba preparando su viaje. Tres intentos de salida ilegal, a la cuarta su nave arribó por Playas Moradas. Eran cinco pasajeros, entre ellos una mujer. La última instantánea del gigante de seis pies, cabellos rubios y piel bronceada con camiseta negra, shorts, reloj y sandalias; simulando una sonrisa, para esconder el miedo del marinero que dijo adiós en el umbral de la puerta.

—Mi hermana, en cuanto llegue te llamo, no le digas nada a mamá.

Siete días de silencio. Me llevé a mamá lejos de casa.

Un mensaje de voz en el contestador, era la voz de mi hermano. Estaba vivo.

Tuve que darles la noticia, entonces papá y mamá quedaron atónitos.

Éramos culpables. Papá por no bajarse de su tren ideológico. Mamá por no haber dejado a papá cuando la engañó, mi hermano por rebelde, y yo por aventurera. Hablábamos mal, para sentir menos dolor. Papá me reprochaba por haberlo apoyado. Mamá se reprochaba haberse alejado. Yo me reprochaba no haberles hecho caso a mis padres.

Nueve años sin verlo.

Nuevas medidas migratorias.

Es tarde para mi hermano, él ya está en el Nuevo Mundo.

Camino, y me doy cuenta de que la lluvia no dejó el menor rastro, pero los peritos continúan la búsqueda. No tengo que llamar al asesino para que me mate. Si los peritos se fijan bien, sabrán que me estoy muriendo. Solo tomar el ómnibus hacia atrás y en quince minutos habré limpiado mi cuerpo y, con suerte, alguna receta de mamá me hará olvidar el trago amargo. Un *cowboy* me hace señas y me invita a bailar el *rock 'n' roll* de sábado. Tiene unas botas sin cordones, un sombrero viejo, una chaqueta roída y grita:

—¡Estás fuera! ¡No te puedes salir de la línea!

Se refiere a la cinta que enmarca la zona de investigación, o tal vez no. Todos se voltean hacia mí, y el peso de tantos ojos me hace agachar la mirada. Cruzo y compro unos churros. Paso el mal momento comiendo.

Hay tantos enfermos en esta ciudad.

Estoy en el mismo lugar donde hace unas horas se encontró el cuerpo de Mimí.

—¡*Boungiorno!*

El *cowboy* se acercó a la ventanilla de reservaciones y saludó a la vendedora de pasajes. Llegó sin las botas, sus medias solo cubrían los calcañales. Contó que él comía en platos ribeteados con oro, de la vajilla inglesa heredada por su madre. El *cowboy* hablaba italiano y decía haber nacido en París. Yo hablo del mismo modo de París.

MENTIR

Tendré que cargar con toda la culpa, este es un pueblo cobarde. Prefieren vivir como zombis a enfrentarse al tirano. No voy a regresar a la casa de mis padres. Puse a cargar mi teléfono en el tomacorriente cercano al baño.

Los europeos esperan hoy la primavera y anuncian una tormenta de nieve. Un sonido cada vez más audible se confunde con el de un auto en mal estado. El Buitre arrastra un bastón de cuatro patas, al que solo le quedan tres.

Increíble que un teniente coronel esté recogiendo remolacha para comer en la basura. La sorpresa de aquel alumno cuando me vio. (Traté de disimular para que no sintiera vergüenza). Cuando mi pierna derecha voló cercenada por una mina, vi la última expresión de mi jefe incrustado en el lodo. Gané tres medallas, ¡soy un héroe!

El Buitre tiene la mirada fija en el horizonte.

Detrás del horizonte se ve el campo de batalla y el aguacero de plomo en la trinchera.

La firmeza de un soldado es banal. Son frágiles en el frente.

El Buitre compra tres cucuruchos de maní. La manisera le da el vuelto de sus cinco pesos. Ella bosteza y mueve los pies suspendidos por la altura del banco. Tiene la respiración lenta.

Teófilo ha pasado un recital de música angolana en su *laptop* mientras su amiga dormita a su lado.

En el baño, la cuidadora acaba de rematar el último trapazo en el suelo húmedo.

La gente detenida, se siente la respiración… tan efímero.

L. no has dado señal, extraño poder robarte 1 idea d las q le robas a Proust, préstame el libro, pa dictarte partes imptes y yo alimentar mi sensibilidad ¿sigues escribiendo como yo? buen ejemplo pues no soy una depredadora, espero premios sean tuyos como lo desean grandes maestros, ¡el amor nos inunde! Única verdad.

Un sms de Maresca cubre la pantalla de mi móvil y una cuartilla en mi diario.

No puedo darle respuesta, pues no encuentro las palabras.

Perdí las razones de antes. He mentido a todos… he mentido… he mentido.

—¿A qué hora los viste?

—No recuerdo… había mucha gente afuera.

—Hasta lo más insignificante nos puede servir.

—Ya era de noche, el otro se fue.

—¿Se fue solo?

—Sí.

—¿Y Maikel qué hacía?

—Se subió la saya y enseñó el hilo dental.

—Viste a quién.

—No.

—¿Y después?

—Se fue de ahí.

—¿Solo?

—Sí.

—¿Algo más que recuerdes?

—El otro regresó y me preguntó si había visto a su amigo.

—¿Por qué te hizo esa pregunta? ¿Tú los conoces?

—No, pero estuve toda la tarde sentada en el mismo banco.

—¿Recuerdas exactamente qué dijo?

—Que si lo veía le dijera que Yeyé la estaba buscando para…

—¿Para qué?

—No lo entendí, habló muy rápido.

—¿Notaste algo extraño?

—Todo el maquillaje, la vestimenta, el peinado.

Calculé cada una de mis frases. Escondí hasta el último detalle. Yeyé dijo en broma que estaba buscando a Mimí para matarla. Estoy segura de que el policía no me creyó del todo, pero no pudo hacer nada. Por un momento, dijo que mi cara le parecía conocida. Tal vez lo mejor habría sido confesarlo todo.

Mi abuela celebraba el Año Nuevo el 31 de diciembre. De 30 para 31 brindábamos. Al amanecer, yo viajaba a la casa de mis padres, así quedaba bien con todos. Resultó el engaño, y me hice actriz.

Hice un *casting* para una comedia musical. Ahora me tomaba mis mentiras en serio. Estuve toda la mañana y parte de la tarde esperando mi turno. Los directores se sentaron al final del salón. Había que cantar con el volumen en cien. Solo había tomado un par de clases de canto, y aun así me acerqué al pianista:

—Maestro, puentes no.

—¿De arriba a abajo?

—De arriba a abajo.

El maestro me miró. Con la cabeza me dio la señal para que comenzara. Empecé a cantar. El maestro abrió los ojos. Me entoné. El maestro siguió solo. Canté a capela con el piano de fondo. A los que se equivocaron antes no los dejaron terminar. A la loca de los tacones rojos nadie la mandó a callar. Le di la mano y las gracias al maestro asombrado, y con los tacones sostenidos a la altura de la cara, salí sin mirar atrás.

Me enseñaron a tener dignidad.

He incorporado el absurdo a mi vida, incluso ahora.

—Niña, ¿tú estás escribiendo una encuesta?

—¿Yo?, no.

—¡Ah!, como te vi mirando y escribiendo, pensé que te habían mandado a entrevistarnos para saber lo que pensamos del transporte.

Comienzan los comentarios acerca de la espera. Suceden a la pregunta que me hizo el hombre. Tiene la piel muy negra, con manchas de quemaduras ligeras en los codos, el cuello, y le falta la mitad de la oreja izquierda. En la mano derecha resalta un *iddé* de Obatalá, dueño de la cabeza y del pensamiento «Meferefun Obatalá». Va como él, de blanco. ¿En qué momento entró? Veo nuevos rostros en mi muro de Facebook. Nuevas fotos.

El hombre me mira fijamente, y le sonrío. Mi reflejo en sus espejuelos, y somos tres: una yo en cada ojo, y la otra yo en el asiento. Mi mente se aleja, está a muchos kilómetros de allí.

El vidrio conserva el sabor mejor que el plástico. Las compotas de manzana venían en pomos de cristal. Desaparecieron en los años 90, junto al bloque socialista. En el capitalismo, el hombre es lobo del hombre, según la teoría marxista. Es un sistema deshumanizante. Fidel Castro prometía la opción cero: «Caldosa colectiva, la caldosa cederista». Probablemente terminaríamos bailando alrededor del fuego, y asando a algún compañero revolucionario.

Durante esos años, los frijoles colorados se tostaban y vendían como turrones de maní. Las frazadas de piso se maceraban en limón y se freían como bistecs. Los condones derretidos eran el queso en las pizzerías. Por suerte yo no vivía en La Habana, y mi padre siempre se las agenciaba para buscarnos la comida. Se nos atrofió el paladar. Alimentarse era un peligro. Veinte años después del desastre, desayuno compota de manzanas en Innsbruck y recupero el sabor de mi infancia. El hombre negro reclama el tique del equipaje, ha llegado el ómnibus.

«Cuba, primer país libre de analfabetismo en Latinoamérica». Mimí fue violado por un brigadista de la Campaña de Alfabetización. Buscaba un árbol que diera tréboles de cinco hojas, para cumplir un deseo. Homero dijo que el hombre era el animal de un solo día. Mimí lleva un traje diferente cada vez e interpreta a un nuevo personaje. Tiene un bolso de damasco y una pitillera dorada, con un cohete saliendo de la Tierra. Las pitilleras del viaje de Gagarin CCCP:

—¿Cuándo Carajo Comeremos Pollo? Ahora yo cambiaría pollo por pescado, como en las tablillas de las carnicerías estatales.

El hombre negro me dice adiós desde su ventana y yo sé bien lo que me traigo.

Para Teófilo, la guerra es una historia de las que cuentan los padres. Para su amiga, los años 90 son leyenda. Hoy estoy entre ellos desde la soledad del presente.

Kottangulangara Chamayavillanku India, es un lugar para ofrendar a la diosa Bhagavathy. Una oportunidad para que cientos de hombres puedan maquillarse y vestir prendas femeninas para la deidad del templo. La fiesta del travestismo, que no es inconformidad, sino la envoltura. La escenificación del sexo opuesto atrae a los hombres más viriles. Sustituir el género por identidad de género, un acto de transgresión que termina en muerte. ¿Por qué Mimí no escapó cuando tenía tiempo? ¿Por qué yo no me arrepiento de lo que hice?

Esta es la historia de un homosexual que sabe de antemano que la máscara no es su principio sino su final. El Hombre conoce cuál es su final, pero le es inevitable vivir el drama.

—Vedo un futuro tutto rosa.

—¿Hai messo ancora le lentine colorate?

EL DRAMA

Los presidentes hermanos encabezan la guardia de honor en el funeral. Estoy al final del salón y recibo una imagen sin audio. El anciano de las revoluciones de América, Fidel Castro, llora. Ha perdido a su heredero Hugo Chávez, el hijo que surgió de la lucha armada y también se hizo comandante.

Amado, el tío de mi amiga Maresca, pasó hambre cuando Batista y se fue. Se repatrió a principio de los años sesenta, porque creyó en La Revolución. Trajo enormes guacales de productos y muebles del Norte. Fue detenido y juzgado. Iba travestido por el paseo del Prado. Amado no fue amado y desilusionado fue expulsado por el hado, hado, hado. Amado murió en un *home* de Michigan.

La realidad es una distorsión de las ideas. Llegué a la casa de F y en mi silla había otra mujer. Ellos hablaban animadamente. Apenas pude esconder mi dolor. Me perseguía la hipersensibilidad del ciclo menstrual. Decidí abstraerme porque ya en ese

*punto yo estaba demasiado celosa. No quería que se
notara mi estado. Estábamos, además, trabajando.
Recordé que, al subirme al taxi, el olor a nuevo de
la goma de repuesto, me evocó la llegada de mi hermano a Pensilvania. Mi mente se alejó. Yo en mí, yo
en F, y yo en lo que creo que F cree de mí.*

Al morir quedamos en forma de algoritmo en las men-
tes de los otros. Ni siquiera morimos al mismo tiempo
para todos, por eso el olvido es muerte; y el amor, vida.
Vivir para siempre en la mente de alguien. El amor es
esencia, no fragancia. El amor nos acerca a Dios, nos
iguala en cualquier forma, porque es eterno.

¿Por qué no estuve presente cuando a F le dolieron
los pulmones? Sintió tanta pena por la fragilidad de los
cuerpos, que el dolor no lo dejó respirar. Me contó que
una madre dando a luz lanza su último quejido, cuando salen los hombros del bebé. La salida al mundo de
un nuevo infante, y el vientre a sus espaldas. La madre
va detrás y el infante avanza por el campo haciendo
círculos. Una tarde no se ve más al niño, ni a la joven
madre, pero el mismo sol de antaño calienta los mismos cuerpos: el de la anciana ahora, y el de un hombre
que da la espalda a la luz. La espalda sin fuerza y la
levedad sobre otros hombres. Desde entonces, F mira
los atardeceres y respira mejor.

Se escucha el altavoz que anuncia la salida de mi destino. En la televisión, un adolescente vegetariano viaja
en un barco cargado de animales. Es un defensor de
la naturaleza. Sufre un naufragio y queda suspendido
en alta mar. En su bote quedaron una cebra, un mono,
una hiena, un tigre, y él. La cebra devora al mono. La
hiena se come a la cebra. El tigre descuartiza a la hiena.

Al final quedan dos. El hombre-bestia en uno, luchando contra otra bestia. Todo el mundo quiere vivir en el sistema más justo. Ese es el origen de las revoluciones y de las desilusiones.

Cambian el canal y la multitud crédula vitorea el discurso. El espíritu del presidente regresó en forma de ave para guiar la revolución de los humildes. La derecha está insultada por tanto fanatismo. Se dividen las opiniones entre los venezolanos.

Observatorio de un mártir, en la cima de los edificios en Caracas se ven los ojos de Hugo Chávez. El pueblo está desorientado. El pueblo en la oleada de violencia. El pueblo reescribiendo el socialismo de décadas pasadas. El pueblo siguiendo la guía cubana del derrumbe. El pueblo respira polvo... In-Madurez y podredumbre.

Boston sufre un atentado terrorista. Deja dos muertos y un centenar de amputados, a causa de tres bombas puestas en el área de un maratón. Se cae la señal. La ciudad está soleada y curiosamente silenciosa. La temperatura del planeta ha subido un grado. No hay árboles en estas avenidas. Cerca de mi casa han podado y matado los árboles.

LA MUERTE DEL PADRE QUE ERA MI VECINO

He visto otras veces la cara de la muerte, pensaba mientras acariciaba el pelo blanco del padre. El padre y el hijo. El vecino de la enfermedad terminal es el paciente ahora. Ayudé a cuidar al padre de F, un lord. El poeta Rafael Alcides lo llamó «El último caballero». Duele verlo penando en una sala de hospital. Apuesto a que no cree en su final. Es un optimista. Sin poder volver a casa. Añorando un helado como mayor quimera. En verdad, todos deberíamos tener un lugar donde almacenar las tragedias y desde el que avizorar el final. Es la única arma frente a la insensibilidad. A nadie le importa el dolor. Nadie quiere la soledad del paciente. Acostado, los estertores hacen su trabajo. Despierta del sueño de la muerte en la pesadilla de estar vivo. Observo sus gestos. Le presto auxilio. Se duerme el personal de servicio ,menos los enfermos y yo.

De tránsito hacia el *non-sense*. Nombra a los que se fueron antes. Está ausente como Mimí en el andén.

Mimí cometió suicidio. Se mató por amor, le escuché decir a la empleada del baño. Murió a causa de envenenamiento con cianuro.

84

Hace poco me enteré de que la yuca contiene cianuro. Fue durante una cena con ecologistas norteamericanos. Me invitó F. Había dos muchachas atractivas y jóvenes que le sonreían todo el tiempo. Yo pensaba que quería matarlas. Esa tarde comí el arroz frito más amargo de mi vida. Le dije a F que, probablemente, yo era la mujer que él quería, pero no la que necesitaba. Me urgía salir de ese lugar sin mirar atrás. Él me consoló, y deseé estar a su lado para siempre.

Estuve calmando al padre de F en sus delirios. Se descargó la batería de mi *laptop*. Estaba como loca tratando de encontrar un lugar donde cargarla. Finalmente lo conseguí, pero se quedó en *stand-by*. El monitor dibujó líneas caóticas. Buscaba la mirada de la enfermera.

—Está falleciendo, esa respiración —me dijo.

Salió de la sala y regresó con el médico de guardia y varias enfermeras. Me dieron la orden de salir. Afuera, en el pasillo, esperé por la noticia. Me asomaba por la hendija de la puerta. Sentí una aspiración profunda y luego, el sonido monótono del deceso. Tuve que llamar a F para darle la noticia de que su padre había muerto delante de mí.

—Se hizo hasta donde ustedes permitieron.

—Entiendo.

El médico se refería a la negativa de la familia al ensañamiento terapéutico.

—No existen aún salas en todo el país de tratamiento paliativo para los enfermos terminales. Estas palabras contradecían el mito de las denominadas conquistas revolucionarias.

MYE

Haikús

Como la almeja en dos varvas, me parto de ti como el otoño.

Una sola idea, terminar el arroz con almejas. Sentada a la mesa de F, el muchacho de las películas, pensé que sería mi último arroz.

Hacía de todo para esconder mi dolor, a cambio mis pensamientos entraban y salían como los platillos desde la cocina hasta el comedor.

Renuncié a los míos y me entregué a los otros, contaban viejas historias, relacionadas con épocas en que escaseó la comida.

Se come y se recuerda el hambre.

Desde la crisis de los años noventa quedamos así, recordando el hambre, aunque la barriga esté llena.

Si sabes que tu vecino tiene una enfermedad terminal, es difícil, al hablarle, convencerte de que no lo haces con un fantasma.

Cuatro personas se sientan a la mesa, el de enfrente es el vecino. Él ríe, conversa de lo lindo, hace

*chistes, y en mi mente solo escucho una voz y veo
una silla vacía. Pienso que más temprano que tarde
todas esas sillas quedarán vacías y me estremezco.*

    *Hay que ser fuerte para lidiar con eso. Si mi veci-
no supiera que en verdad no lo estaba escuchando.*

    *No puedo ser feliz,
no te puedo olvidar,
siento que te perdí y eso me hace pensar,
que he renunciado a ti,
ardiente de pasión,
no se puede tener
conciencia y corazón.
Hoy que ya nos separan,
La ley y la razón,
Si las almas hablaran,
en su conversación
Las nuestras se dirían cosas de enamorados.*

Canto, entonada, y el *cowboy* italiano me descubre y
me sonríe. Me veo como un recuerdo de mí misma. He
perdido la razón. Bailo con el *cowboy* enamorado ahora. El viento mueve sus mechas rubias y en su sonrisa
escasean algunas piezas.

    —¿Bailamos, muñeca?

    —Solo si conoce este estribillo.

    —Hacía mucho tiempo que no bailaba.

    —Bailar es bueno.

    —Lo sé.

    —¿Ah, sí?

    —Así conquisté a mi primera novia.

    —Me gusta esta canción.

    —Si aprieto demasiado no dude en decírmelo.

    —Era la favorita de mi abuela.

—No tenga miedo, solo déjese llevar.

Protagonicé la noche en aquel bar haciendo un striptease encima de la mesa. ¿Quién iba a decir que terminaría bailando reggaetón a la bola en el cuarto de F? F aparece por mi espalda. Sin el menor pudor se recuesta a mí. Lleva un chaleco de cuero y unas botas de cowboy. Dice que soy como las buenas comidas, que siempre hacen daño. E había cuidado de mí toda la mañana.

Hojeo las páginas de mi diario...

Con el tiempo el dolor de la separación pierde los límites reales.

Debo aprender a no quedarme con nada por dentro. A no mentir. A dosificar la energía.

El remordimiento no existe o deja de existir en las sociedades corrompidas, puesto que el hombre dirige todas sus acciones en dependencia de la opinión de sus semejantes.

Holbach

Mañana-riesgo
    Hoy-desentrañar
    Futuro-soledades
    Canción-navidades
    Juego-vivir
    Yo-vaga idea
    Amor-E
    E-Amor
    Color-Negro
    Verdad-prueba
    Miedo-dolor

Ciudad-París
Madre-hombre
Arte-compromiso

Corrí detrás de F y abandoné a E. Luego los amé a los dos con la misma intensidad y sufrí. Todo es difuso y lejano ahora. ¿Por qué terminamos dañando a las personas que amamos?

Imagino los ojos de F perdiéndose en el horizonte del paisaje en la pared de su cuarto. La madre observa la respiración del bebé. La hija mayor reza. Al fondo, un cielo gris cubre las ruinas de una ciudad. En primer plano hay varias sábanas amarillas que envuelven la enfermedad del bebé reducido por las fiebres. Una pintura sin firma, huérfana… bastarda. Mamá compró un óleo a un pintor naif. Tenía una sombrilla en primer plano, y una mujer acostada encima de una tumbona. En el fondo había una playa. Me gustaba mirarlo a pesar de que no era bueno. Pasaba largo tiempo en aquel paisaje desolado. Jugaba a escuchar el oleaje.

Como una asesina fui reconstruyendo mi escena del crimen. Reproduje una y otra vez los hechos. Pensaba en la primera cita con F, en el primer beso. En la primera vez que dormimos juntos. En el momento en que empezamos a leer los mismos libros, a ver las mismas películas, a sentir los mismos miedos. Toda materialidad se desvanece. Lo que queda es vacío, impotencia, frustración.

El amor genuino, inolvidable, insustituible, ese era E, a pesar de sus exabruptos y de su mal carácter. E es el existencialismo hecho materia, sin importarle el minuto próximo. Su dolor sublime fue haberme perdido. No supo hacerme feliz. No pude entenderlo. La última vez que lo vi, citó a Heidegger: «Las mujeres son como islas». Vi en su mirada la impotencia masculina frente a mi hermetismo. La maternidad nos hace indestructibles e indescifrables.

A veces sueño con E. En mi sueño llueve a cántaros. Yo estoy en la segunda planta de una casa antigua donde hay mucha gente. Bailan una danza asiática. Me entretengo mirándolos. Olvido que E está en la acera de enfrente, mojándose. Me asomo por accidente y recuerdo que me espera. Corro a abrazarlo y le pido que me perdone. E siempre me perdona y recuerdo el Corintios 13:

> *El amor es sufrido y bondadoso, el amor no es celoso, no se vanagloria, no se hincha, no se porta indecentemente, no busca sus propios intereses, no se siente provocado, no lleva cuenta del daño, no se regocija por la injustica, sino que se regocija con la verdad. Todas las cosas las soporta, todas las cree, todas, las espera, todas las aguanta.*
>
> *El amor nunca falla.*

Me sé de memoria el versículo. No sé vivir sin amor. Desde la distancia los idealizo y me enamoro más de ellos.

LA VERDADERA HISTORIA DE E

Terminó la tarde. La dulcería está a punto de cerrar. Las dependientes son amables y me dejan un rato más hasta que concluyan el cuadre de la caja. Me recuesto a la mesa. Trato de encontrar la respuesta. ¿Cómo he llegado hasta aquí?

Ausente.

Perdido.

En la sombra.

En él nunca más... *jamáis*.

Mi casa era nido de amor.

Mi casa está llena de espinas.

Aún no he leído la carta. E estaba triste cuando me despidió en el andén. Dijo que volvería y llamaría por teléfono. Me quedé atorada en la yerba. El hastío de aquella tarde calurosa me quemó la piel y daba saltos persiguiendo las sombras.

Lo amé.

Fui débil.

Lo culpé.

Lo abandoné.

No hay vuelta atrás.

Un nuevo día con la mente en blanco.

Nuevas imágenes que se agolpan.

Viejos fragmentos de rutina.

Y las reiteradas discusiones han quedado atrás.

Hoy no somos sino historia.

Soy libre.

Los caminos se cierran.

Pago el precio de la libertad.

Conocí a E en un parque. Ambos, sin saberlo, esperábamos a la misma persona.

Cuatro meses después salimos juntos, y en el mismo parque me robó un beso insípido.

El invierno resaltaba su perfil griego en la palidez de su rostro.

De ojos grandes y expresivos.

Lo amé tanto como a mí misma. Habíamos pasado diez años juntos cuando le conté que amaba a F.

F me llamó espíritu libre.

Una bofetada de E en mi mejilla.

Con las piernas agrupadas, en la misma posición que navegué por el vientre de mi madre, ahogué los deseos de gritar en un llanto que duró tres días.

Setenta y dos horas despidiendo una pasión que yo creía muerta.

El olor a café en la cama.

Su aliento cada mañana.

La geografía de un cuerpo que supe de memoria.

Atravieso la calle y veo al mendigo de las manos limpias en el mismo bar donde vi antes a Yeyé. El *barman* es un hombre muy alto y delgado, usa espejuelos, tiene los hombros enjutos y la cara de un pervertido.

Tengo que regresar. No puedo seguir vagando. No hay nada que hacer, no después de cuarenta y ocho horas de silencio. Yo lo maté. Quiero gritar que lo hice, que le atravesé la garganta con un machete.

El amor a mis padres, engendrar y amar a mis hijos... amar.

Me gustaría entender el hecho enigmático de provocar sentimientos en los demás y no compartirlos.

En el principio el sexo solo tenía la función de procrear, pero el hombre lo convirtió en algo psíquico.

Borges dijo: La belleza es ese misterio hermoso que no descifran ni la psicología, ni la retórica.

Para Bergman, los matrimonios sólo debían durar diez años.

Termino una nueva escena y pienso en Alvin Straight conduciendo su chapeadora a Wisconsin para visitar a su hermano enfermo. Sigue la línea de una autopista sin fin. El anciano hace su viaje con la certeza de reconciliarse con su hermano. El alcohol, la vanidad y la ira han quedado atrás. El anciano es un héroe. Estuvo en el frente durante la Segunda Guerra Mundial. Nadie lo sabe, pero en el camino lo vitorean como al soldado que regresa a recibir la condecoración. Bebe leche como Alex en el Molokobar. El sol quema la moneda en el sombrero de Alvin mientras grita:

—¡Lyle!

La cámara se acerca a los muebles y trastos viejos. Desde el interior se escucha otra voz: ¡Alvin!

Alvin lleva dos bastones y Lyle un andador. Ambos se sientan. Lyle está tranquilo y observa. La expresión le cambia. Se emociona. Hace pucheros. Las lágrimas descienden por las mejillas.

—¿Has conducido esa cosa hasta aquí solo para verme?

—*Así es, Lyle.*

Ninguno de los dos vuelve a articular palabra, mientras la imagen se adentra en una noche negra con puntos blancos suspendidos en el aire.

David Lynch, The Straight Story, *lo esencial, lo invisible, lo olvidado.*

UN POEMA DE AMOR Y EXCITACIÓN

F me besa y me atrae a su aliento.

Hay humedad en los cuerpos con su caprichoso sentido de orientación.

Mis labios están dentro de los suyos.

Sus dedos acarician mi pubis.

La lengua humedece mis pechos.

Mis manos agarran su sexo.

Alimento salvaje.

Lenguaje obsceno.

Escatológico deseo.

La excitación llega al clímax.

Aumento de las pulsaciones.

Un grito seco:

—¡Maní! ¡Calientico y tostadito el maní!

Los cucuruchos son más grandes que los de allá. Tengo hambre.

—Un maní, por favor.

Otra viejita sola en el deceso de una estación. La viejita engordó y su pantalón se abrió para dar paso a la piel que sobra. Siente que la miran y se pone una mano en el hueco. Se incomoda más. Se coloca un abrigo encima de las piernas y sustituye la mano. La manisera frunce el ceño:

Ahora mi hija quiere ser la que manda en la casa. Aunque me muera sigo trabajando y aguantando pesadeces aquí, pero yo me mantengo. Con la pensión pago la luz, el crédito del refrigerador, el agua, el pan, la cuota y me como un dulce el día del cobro. Tengo que comprarme otro pantalón. Volodia no tiene trabajo y allá en el norte la cosa se ha puesto dura también. Necesito siete mil pesos para terminar de pagar la casa. A estas alturas venir a decirme que soy arrendataria de mi propia casa, ¿con qué se sienta la cucaracha?

Para Freud la causa de la inseguridad de la mujer se debe a la ausencia de falo.

La mujer tardó en entender que es indestructible.

El hombre reinó porque guardó el secreto.

MI AMIGO I

El Buitre se pasea con un mazo de periódicos viejos. En primera plana veo una reflexión del compañero Fidel. Cuando salió de la presidencia, comenzó a escribir notas cortas, especies de viñetas, para el diario *Granma*. En su firma no aparece la palabra comandante. Se autotituló: «Compañero». Pensar que *Granma* viene de *grandmother*, un anglicismo. El nombre del diario oficial antimperialista es de origen anglosajón.

En una de sus reflexiones: «Provocación insólita», Fidel se adelantó a la investigación sobre la caída de un avión proveniente de Malasia. Hizo el ridículo frente a la opinión internacional, acusando al gobierno de Ucrania. En la página principal de Yahoo tuvo el cuarto lugar entre lo más leído de la semana.

Decido rotar mi turno.

Necesito ver la puesta de sol cercana al puente de Terry.

Camino las mismas calles por donde corrió y se desvaneció la niña que yo era. Los rostros en los portales. Nuevos unos, otros devastados por los años y mis ojos ya no ven lo mismo de antes.

Cargo con el equipaje, más pesado ahora a causa del hambre. Si uno pudiera alimentarse con una cápsula, dice siempre Mercedes, la madre de E.

Crecer para alimentarnos y después alimentar a los bichos. Ahora mismo me comería un cruasán de chocolate. Mi cabeza dibuja un pan volando en un globo por un cielo de harina.

El puente es de hierro. Debajo de mis pies muere el río, y el sol cae sobre otro puente de mampostería paralelo a este. Matanzas es «La bella durmiente» o «La ciudad de los puentes».

Veo mi reflejo en el agua que se eclipsa a causa de mis lágrimas en la superficie.

Desde anoche no veo a Rafael. Él no estuvo en la estación policial. Su testimonio podría salvar a Yeyé, pero nadie me podrá salvar por lo que hice. Un suicidio social.

He estado huyendo desde siempre.

Regresa al paladar el deseo del cruasán. Me pregunto si, de haber nacido en Francia, se me antojaría con tanta vehemencia a esta hora de la tarde.

Suspirar, soltar los deseos reprimidos. Los viajeros suspiran conmigo.

Mi amigo I me contó el misterio de los deseos. A veces, tiene sueños muy extraños con serpientes emplumadas y medusas. Su sueño favorito fue a la orilla de una playa mediterránea. Estaba sentado en la arena y, de pronto, comenzaron a salir elefantes del mar. Eran tantos, que desdibujaron el horizonte. Al final de la manada apareció un unicornio con hilos dorados de luz, que reflejaban el atardecer en el blanco de su cuerpo. Para mi amigo los deseos son el mito, y reaparecen de una forma misteriosa.

Eros amó a Psique en secreto. Le advirtió que no podría verle la cara, si lo hacía, él desaparecería. Psique no obedeció. Alentada por sus hermanas y mientras Amor estaba dormido, encendió una vela. Era el rostro más hermoso que había visto en su vida. La cera se derritió y cayó sobre Amor. Este se despertó y lo primero que hizo fue echarse a llorar. Le dijo que no había cumplido su palabra, y desapareció.

F hizo un corto sobre el mito. Algunas mujeres de la extrema feminista lo tildaron de sexista. El universo es equilibrio. En ello radica la belleza. Me gusta el pensamiento masculino. Los hombres siempre tienen estrategias.

Mi amigo I se considera de izquierda, a pesar del fracaso. Es de los idealistas que cree en el ser humano. Vivió aquí en los años setenta. Luego, regresó a su Venecia natal.

Se detiene en los carteles de publicidad que resaltan en los andamios de los edificios antiguos. Piensa que en el hecho de la publicidad hay un mensaje trascendental: lo efímero salva lo eterno. Sin embargo, el arte sin utilidad no existe. La creación que de antemano no esté pensada para ser útil, no existirá. Es así cómo lo concreto está matando lo eterno.

F sufre soledad a causa de su obra. Él y sus películas son censurados dentro y fuera del país. Es de los artistas a los que se les teme. La crítica se pronuncia a su favor, pero hasta la industria cinematográfica lo rechaza. Pero F es invencible. Sueña despierto y sueña dormido.

Mi amigo I, en uno de sus viajes, logró reunir a quince personas. Sus amigos, los amigos de sus amigos, los hijos de sus amigos. Siente mucha pasión por lo que esconden las fachadas de los edificios ruinosos.

La belleza en la ruina que para los de aquí ya es rutina, abandono, desidia, amenaza de muerte.

El grupo se desintegró al tercer día. Se negaron a seguirlo. Manifestaron que habían visto lo que les interesaba de la ciudad, que preferían el mar y otros sitios más turísticos. Lo dejaron solo. Sin embargo, aún cree en la utopía del sueño colectivista. Ahora siento el deseo de encontrarlo en la ciudad... en este y en otro tiempo... en todos.

I sufrió un ataque al corazón y comenzó a ver la realidad en tonos grises. Los colores no son más que una ilusión, solo existen en nuestro cerebro.

I continúa sus viajes por Londres, New York, Las Vegas, París, La Habana, Tokio. En cada ciudad quedaron sus amigos, los amigos de sus amigos, y los hijos de sus amigos. En todos esos lugares también quedó su olvido.

I me envía cada fin de año una postal. Es idéntica para cada uno de sus amigos, según me cuenta. La última que recibimos tiene un faro con niebla y a lo lejos, en el horizonte, hay un barco.

Ahora no puedo saber si es de pasajeros o de carga.

DESDE LA DISTANCIA

A esta hora podría salir a la autopista a probar suerte. Dejaría todo atrás.

No encuentro mis papeles, ni el carné, ni el tique de viaje.

Esa mujer lleva años repitiendo la misma acción. Recoger los papeles del suelo, apretarlos entre las celdas de la escoba y el filo del recogedor. Su área debe abarcar también los márgenes del río. Barre con la parsimonia de siempre, y lleva un collar de perlas falsas. Con el tiempo han perdido el esmalte.

Pérdida… perder… perderme.

¿Qué estará haciendo F? Me perdería en sus ojos verdes y en sus labios. Una mujer lo hizo infeliz, y la otra estaba enferma. Las amó a las dos al mismo tiempo. F me ama, pero se aleja confundido. En la página dos del diario provincial, aparece la foto de la mujer enferma, que ha desaparecido.

La mujer de la foto soy yo. Estrujada en el recogedor me lanzan a la basura.

Emprendí un viaje.

Retorno del viaje.

¿Me quedo en el viaje?

La luz del sol comienza a bajar. La sombra de los edificios se funde con los árboles en el asfalto.

El cura termina la oración y Mimí desciende al nicho, en la parte más agreste del cementerio.

Hay pocas personas y la madre gime.

Todos en silencio se despiden.

—Muchacha, ¿puedes ayudarme con las flores?

—En este lado se ven mejor.

—¡Ahí no!, faltan dos cadáveres más, antes de que cierren la fosa.

Se crea un silencio más incómodo que el de la propia muerte. Los enterradores dejan la fosa destapada. Se acerca un nuevo féretro. No cabemos en la estrechez del pasillo. Los familiares se resisten a abandonar el tono de sobrecogimiento, y con las caras compungidas retroceden, chocan. Yo, como un fantasma entre los vivos, observo la manera en que solo la muerte nos iguala.

—Es… era mi sobrino, ¿y tú?

—Una amiga. Lo lamento mucho.

Mimí tenía cierto parecido a su tía. Encías prominentes y el labio superior peleando para cubrir la camada de dientes que se sale por los bordes.

—No es justo.

—No.

Me alejo. La tía se entretuvo con el grupo. Elaboro nuevos diálogos de lo que sucedió en mi ausencia.

El último adiós a Mimí de sus parientes y amigos. Descansa en paz. Amén.

—¿Ustedes no han visto a una muchacha que estaba hablando conmigo? Se me pareció a la hija de Juvenal.

—Mami, la hija de Juvenal no es rubia.
—Ayuda a tu tía con la tarjetica para la exhumación.

Seguí la ruta del funeral y deseé ser Mimí.

La alarma en mi teléfono, recordar cita ácido fólico 7:30 p.m.

El aparato reproductivo de la mujer no está incluido en la operación de cambio de sexo. Una maquinaria perfecta para la reproducción. Cierta vez escuché la historia de un travesti que untaba un algodón con rojo aseptil y fingía estar menstruando. Las mujeres que han pasado la menopausia añoran los viejos tiempos de su ciclo.

Sacralizar la muerte y considerar el tránsito de las personas como algo sagrado ha sido el paso más importante que ha dado nuestra civilización. En las tumbas de los faraones, los egipcios dibujaban la obra de los hombres.

Plantar semillas en un surco. Esperar años para que dé fruto y después, el fruto ignora el árbol.

Viles humanos que perseguimos eternizarnos.

Lo nuevo contra lo viejo.

Generación tras generación degenerándonos.

Ver mi foto en el diario provincial. Mamá sobre reaccionando a mi ausencia. Yo siempre perdida en las terminales y mamá llamando por el alta voz.

—La niña de un año perdida. Su mamá la está buscando…

—La niña de siete años perdida. Su mama la está buscando…

—La niña de diez años perdida. Su mama la está buscando…

Nunca entendí por qué me gustaba alejarme. Mirar a la orilla desde lejos hasta alcanzar un punto en el horizonte. Mamá grita desde el otro extremo. Yo floto con mi pececito rojo, azul y blanco. Tan efectivo a la hora de zarpar.

En alta mar, en silencio, tarareaba la canción del viejo marinero. La que nos hacía llorar a mi hermano y a mí:

Con la guitarra en brazos, cayose el marinero, se le rompió una cuerda y no pudo más tocar en alta mar... en alta mar... en alta mar.

La nostalgia de mamá arrullándonos en la esquina de la cama, ¿en qué momento el patico feo se convirtió en cisne blanco?

El camino a la playa cambió. Ahora es una carretera y, sin embargo, el olor a yerba mojada se siente a pesar del asfalto. Mamá, con su camisero de cuadros verdes y su pantalón ajustado: un conjunto inapropiado para el mar, pero atractivo a lo lejos.

Dejamos atrás la orilla. Dos figuras pequeñas, a ambos lados de la mujer de tez blanca, pelo oscuro y esbeltez suprema bajo un sol de verano, se distinguen en lontananza. Una instantánea en mi mente. El universo de una niña atrapada en un cuerpo adulto. Continuamos braceando, queda poco para que salgamos de una playa y nos adentremos en la otra. Están divididas por un arrecife fósil. Años atrás era impensable la distancia entre una y otra. El oleaje baña mi sexo. No puedo creer que estuvieran tan cerca. Mi hermano agita los brazos y me abandonan las fuerzas a causa de mi desproporción. Mis pies son más grandes; pero mi cuerpo, no. A mi hermano le cambió el color del pelo. Tiene más fuerza para nadar. Me tomo un descanso para respirar. Empiezo a flotar y noto que mi nariz ha crecido. Mi hermano me grita y su voz parece la de papá.

En la otra orilla reconocemos las caras, pero no los cuerpos. Ahora todo parece normal. Mamá quedó atrás y para mi hermano son más importantes las muchachas de su aula. Yo siento vergüenza de mi cuerpo en trusa y me quedo dentro del agua.

—Mi hermano, ¿yo soy fea?

—No, lo que pasa es que no tienes tetas todavía.

—No quiero venir más a la playa.

—No te preocupes, cuando pasen unos años, todas las de tu aula parecerán viejas y tú, no.

Qué suerte tener un hermano como él. No estaba convencida, pero sus palabras las he guardado siempre. Tal vez tenía razón, pero eso no importa ya. No he vuelto a ver ni a mi hermano, ni a las muchachas del aula.

Hace unos días chateé con Sandra. Siempre cuelga anuncios de La Cueva, la discoteca donde trabaja los fines de semana. En su perfil, la foto de su primer bebé. Siempre dijo que quería tener varios hijos. Su madre murió de cáncer cuando ella tenía quince años. Se iba a Berlín con su esposo, pero se retrataba sola. Son fotos desde lejos. Su rostro se ve desdibujado. La sigo viendo en la orilla, bronceándose al sol y llamándome.

El castillito de los Cavarrocas quedó atrapado en la casa de las FAR. Era una familia de renombre y diseñaron su propia casa. Siempre me llamó la atención que vivieran civiles en la casa de los militares. Los fines de semana competíamos a la velocidad, dando saltos dentro de un saco. Me gustaba que mi equipo ganara. Los Cavarrocas fueron expropiados, les quitaron el terreno y solo les quedó el castillo, atrapado entre las nuevas construcciones del ejército. Ahora lo entiendo todo.

DEL PINTOR DE LA CORTE Y OTROS DEMONIOS

Tengo hambre y pienso en las comidas en la casa de F. Mirta es amiga de sus padres. De pequeña estatura, pero de pensamiento grande. Tanto así, que en la Avenida de los Presidentes se erige su edificio más alto e importante. Se graduó de arquitectura antes de 1959. Tiene la voz grave y un tono seguro. Es progresista, aun con ochenta y dos años. Habló durante dos horas sin parar, de pintura, arquitectura, de sus visitas a los museos en Coral Gables.

Se la pasa contando anécdotas sobre sus viajes de juventud. Proviene de la alta burguesía camagüeyana. Su padre era dueño de un central azucarero. Viajó a París a los veinte y conoció Praga, Viena, Berlín, Sofía. Cuando se acababa el dinero, comía los huevos hervidos que acompañaban a las bebidas en los bares europeos.

—Antes del 59 estábamos en la vanguardia de muchas cosas. Tuvimos el primer edificio alto de hormigón. El primer hotel con aire acondicionado central. El primer sistema de alumbrado público de toda Iberoamérica. El primer tranvía que se conoció en Latinoamérica. El primer país iberoamericano en conceder el divorcio a parejas en conflicto... me cae tan mal que todo el mundo piense que este país no sería nada sin Fidel Castro.

El pintor pinareño González Portales, antes pintaba paisajes en colores. Ahora son lúgubres, oscuros.

—Yo estaba allí, nadie me lo contó. Fue durante una exposición en la galería de la Plaza de la Revolución. El máximo líder se apareció con todo su séquito. Alguien comentó respecto al increíblemente deficiente desarrollo del ferrocarril, dada la propicia situación geográfica de la isla. Una extensa llanura, ideal para ser atravesada por el fierro de los raíles. El máximo líder respondió: Si tú supieras, esa es una espinita que yo tengo atravesada aquí en el pecho. Mira que yo he hablado respecto a eso, pero no me hacen caso.

—Oye, lo que este pueblo ha tenido que aguantarle a ese hombre, (refiriéndose al occiso).

Su esposa, pedagoga y muralista, pone los ojos en blanco.

—Mira, Mirta, la tradición se fue completa para Miami, hasta la comida huyó para allá.

—Exactamente, para mí el mayor problema que tiene la gente en Miami ahora es la renta. Se vive con mucho estrés.

Estoy entre ella y sus amigos. Tal vez por azar o equivocación, aparezco en su mesa invitada por F.

—Descubrí a un pintor que hace solo embarcaciones, pero con más vuelo que el pintor favorito de la corte. A propósito, ¿por qué será el favorito si la obra es mediocre?

—Bueno, él tuvo su momento, pero ahora solo se reproduce a sí mismo. Eso lo hacen muchos también, no solo él. (Responde Mirta, enérgica).

Sigo observándolas con curiosidad, a ella y a la viuda del antiguo embajador de Suecia en La Habana. Es cubana, una mujer fuerte. De alta estatura y criterio firme. A diferencia de los demás, no habla de su origen. Su familia ascendió con el triunfo revolucionario. Su padre es general, y perdió a sus tíos en la clandestinidad.

—He escuchado algunos rumores. Dicen que empezó a vender sus cuadros en New York, a muy buen precio. Al poco tiempo, vivía cerca de la Zona Cero. Después tenía un auto con chofer.

—Sí, pero también él estaba haciendo unos proyectos populistas en la Isla de la Juventud.

—Anjá, es una mezcla de todo eso. Últimamente lo que hace son producciones en serie de sus barquitos. Pasó de decir que eran de temática migratoria, a «la asfixia de la insularidad».

—Cambió de vida, cambió el concepto, dicen que estaba internado en una clínica.

—Bueno, en Miami lo que se comenta es que eso es una pantalla. Que en verdad está detenido por tráfico de drogas y abuso infantil.

—Otro más que cayó en desgracia.

Pizzas, ensaladas, vino tinto, aceitunas, queso blanco. Los piscolabis servidos en la mesa. Los demás se engullen mientras continúa la charla que salta de tema a tema. Hasta Máximo, un joven cineasta de Los Ángeles, se coló en la mesa. Vino a visitar a F, era la segunda vez que se veían.

El escritor *best seller* cubano León Pardo, realiza un análisis crítico con la boca llena, del más reciente estreno de ciencia ficción *Alfa 999*, de Arnaldo de la Llanura.

—Ciencia ficción tropical, desastre dramatúrgico, pobreza en el discurso. A su favor tiene un manejo aceptable de los efectos especiales. Suerte de ingenuo que nombró a su propia obra, «cine internacional incomprendido dentro de la isla».

La madre de F termina el último sorbo de vino tinto.

—Con su historial, si esta vez lo vuelven a criticar, les paga a cuatro negros para que le entren a golpes al que se atreva.

F y yo nos paralizamos. Observamos cómo a Máximo le subían y bajaban los colores. El resto de los invitados reía con estruendosas carcajadas. Ahora la esposa del escritor narra lo sucedido en un rodaje donde un pavo real no podía abrir su cola.

—Entonces, el prieto de sonido dijo que había que meterle el dedo en el culo al pavo real y cuando lo hizo, efectivamente, se pudo rodar el plano.

Esta vez Máximo amarró la boca de tal forma que se atragantó con un trozo de pizza. La madre de F lo socorre, le da unas palmaditas en la espalda y le sonríe con dulzura.

Se habla de política, de censores, de amigos, de revoluciones. Todos sentados alrededor de una mesa larga. Es un amplio comedor de un *penthouse* dentro del expropiado edificio. Los Taquechel, de las droguerías, emigraron poco después del triunfo. Una de las familias más ponderadas de La Habana republicana. Fueron de aquellos que le dieron unos cuantos días al comunismo en Cuba. Dejaron sus propiedades cuando les quitaron los negocios. Máximo trata de mantenerse a tono, pero se resiste a probar el *cake* de chocolate. Portales habla de un dulce criollo y le da vergüenza pronunciar el nombre.

Pardo *best seller* le insiste.

—Vamos, dilo, no te dé pena.

—No, chico, de verdad, no es necesario.

—Bueno, pues lo digo yo: ¡Mojón de Negro!

Vuelven las carcajadas, solamente superadas por las del cuento del prieto de sonido.

—Así le decían antes al coquito prieto, Mojón de Negro.

—Pardo, se perdieron los mojones de negros.

—No, eso es lo único que no se ha perdido en este país, ni los mojones ni los negros.

F le preguntó a su madre si tenía amigos negros, y luego de una larga cavilación se dio cuenta de que siempre se movió en un ambiente de blancos. El convento, la universidad, El Vedado de antes. Lo cierto es que Pardo es claro, pero mulato; es curioso cómo hace chistes racistas.

Máximo se levantó ofendido, esforzándose en disimularlo. En la terraza lo encontramos pensativo.

—Che, vos sabes que no me quedó clara una cosa, ¿qué es un mojón?

EXPULSANDO *EL AMANTE*

Leyendo *El Amante*. Sentada sobre la pulcritud del esmalte y se refleja mi otra boca. Expulsión. Concluye el éxtasis y mi curiosidad me lleva a observar de una manera casi enfermiza. Hoy, especialmente, salió idéntico a la torcida tripa que lo acoge. El color, el tamaño, el olor, me lleva al antes. Pudo ser una cena elegante, o el peor de los bocados. Mi cuerpo refleja el horror del mundo. Destruye lo bello. Cada mordida es la primera y la última. La piel, el pelo, las uñas, los ojos, son hermosos. Las grasas viajan por el duodeno. Recordé la caja de galletas finas de mantequilla. En la etiqueta leo que cada departamento pertenece a un país. Hay violencia contenida dentro del paquete.

BiS CuitS a la Carte
Belgium
France
Italy
The Netherlands
Germany

MILK MOON:
Crispy butter cookie from
Normandy fully enrobed
in smooth milk chocolate.

LUNE:
Biscuit croustilant the
Normandie enrobe
D'oncteux chocolat au
lait

Galleta de mantequilla crispante de Normandía, completamente arropada en suave chocolate blanco. Trituré las de la Luna.

Se desliza, suave como la mantequilla. Es de color amarillento a causa de los cereales en el desayuno. ¿Cómo puede ser que me haya iluminado?

Es difícil mantener la coherencia en estos tiempos.

El antropocentrismo.

El egocentrismo.

El homocentrismo.

El machocentrismo.

El femeneidocentrismo.

Cada instante de placer se traduce en un bolo fecal.

Mi humanidad fue una vez más absorbida por la alcantarilla.

In heaven everything is fine.

LA VIDA FACEBOOK

Imagino a F con su vida plena, luminosa, impartiendo conferencias por el mundo y rompiendo corazones de párvulas fierecillas intelectuales. Desventuradas por el exceso, y víctimas de las pasiones.

Humbert Humbert debatiéndose entre madres y Lolitas. Sergio trata de decidirse entre Deirdres y mormonas. Meursault sin argelinas, ve la muerte como acto último de consumación en la búsqueda de la propia existencia.

F me seduce. Me retiene y juega a las palabras. Gateando, sarmentando, sarmentosa gata nocturna.

Socializar desde el espejismo de una red social. Desdoblarse en el teclado de una máquina. Puede ser ficción, divertimento o *entertainment*.

Desde su retablo en California, Mark Zuckerberg maneja los hilos del ordenador y en los muros-escenarios, coexisten amigos, examigos, *fans*.

Todo es noticia en el día.

Uniones o separaciones.

Viajes o cuarentenas.

Cumpleaños o defunciones.

Premios o derrotas.

Sueños o desilusiones.

Metas o vacíos.

La amiga de Teófilo, el estudiante angolano, dice con ironía: «Anoche hice dieciséis amistades sólidas de media hora en Facebook».

El hombre de rojo se balancea.

F, despierta de una pesadilla y camina por una calle desierta.

El padre y yo conversamos, pero no se escucha lo que hablamos.

El eco de otra voz resuena en mi cabeza.

Yo, en otro espacio, y dos mujeres me seducen y acarician por la espalda.

Mi mirada se detiene en el rostro de F.

En la esquina dos hombres me zarandean.

Uno de ellos me penetra.

F los observa y se acerca lentamente.

F me saca del éxtasis y me arrastra hacia la pared.

En el suelo y de espaldas me atraviesa con violencia.

Mi sombra acuchilla a un hombre que yace en una cama.

Como en un culebrón viviendo vidas prestadas y protagonizando la vida Facebook.

Esta escena es la de un tipo que no sale de su casa y tiene a las mujeres amigas catalogadas en Facebook como posibles conquistas. Mira sus estatus y dice:

—Es muy triste ver cuando alguna de ellas termina una relación. Es triste, pero es tristeza con una pizca de excitación.

Las fotos de mis amigos, las de los amigos de mis amigos, las de las vísceras de cada cuerpo que falta en los rostros de cada foto.

En el bar de la esquina el ambiente es tranquilo. Pocas personas pueden pagar muchos tragos seguidos en CUC. Debe ser por eso que no se llena. Es curioso que las siglas de un billete destinado a cubanos parlantes estén en inglés. De haber sido en español sería PCC Peso Cubano Convertible.

Hay una curva que se bifurca. A la izquierda los que van hacia el oeste y, a la derecha, hacia el este. Parecería redundante si no se tratara, literalmente, de la posición geográfica de la ciudad. Siempre me llamó la atención esta esquina. Es como una miniatura de la capital. Eso tiene de minúscula la provincia. Todo se concentra en un pedacito.

A la izquierda también está la heladería Coopelia, con sus celosías de antaño y el frente sin techo. La marca del helado revolucionario. La gente aquí los toma derritiéndose al sol.

Hay un parque con un monumento de mármol. Más allá una parada de ómnibus urbanos, e, imponente, resurge La Terminal.

Es de madrugada, pudo ser a esta hora o tal vez no. Me llega el recuerdo de una hora, en que solo vi el reflejo de la muerte en el cristal. Mi espalda estuvo alerta y mis ojos me guiaron hasta el suelo. Mimí se debatía entre la vida y la muerte. Yo entré en el Punto Cero. Apenas fue un instante en que no tuve tiempo de parpadear y en mi pupila abierta estuve expectante del minuto póstumo. Miserable recuerdo me evoca al árbol, testigo de un crimen. Mimí no tuvo tiempo de gritar. Me vi a mí misma atravesando con un machete la garganta de un hombre vestido de verde olivo, con una enfermedad terminal. Presencié los últimos espasmos. Sin decir adiós; otro Virgilio que entró en el Infierno.

EL UNIVERSO DE F

Cuando comencé mi relación con F, muchos dijeron que éramos un cliché. Yo me perdí en el universo de F. Con él tenía la ilusión del cine, como Romy Shneider en *Lo importante es amar*. Quisiera estar escondida en su pecho. Vivir dentro de él, perderme debajo de su piel.

Y después le pedí con los ojos que me lo preguntara otra vez y después él me dijo si yo quería sí para que dijera sí mi flor de la montaña y yo primero lo rodeé con mis brazos sí y lo atraje hacia mí para que pudiera sentir mis senos todo perfume sí y su corazón golpeaba loco y sí yo dije quiero sí.

Amar es sentirse amado. Joyce le escribía cartas de amor y excitación a su esposa Nora. Le pedía que estuviese sucia. Le compraba ropa interior. Sus viajes exacerbaban el deseo y decía cosas prosaicas. El 3 de junio de 1920 es la fecha de la última carta que Joyce le escribió a Nora. Yo nací un 3 de junio 57 años después.

Vivo con intensidad mi relación con F. Hay días de inseguridad en los que siento celos de todas las mujeres atractivas. F y yo estamos en un paisaje raro de suelo rocoso... lejano... sin mar. Parece un sueño. Permanecemos en silencio un rato largo, hasta perdernos entre las flores grises y lilas de un vestido de mujer. Ella bate el vestido y mientras lo hace, desnuda sus piernas. Es una mujer rubia de piel bronceada. A sus espaldas hay un hombre joven. Él lleva un traje de torero y baila una sevillana. A los hombres se les cae la baba, pero F y yo seguimos de largo. Me siento amada.

No terminé la rosquita. Estaba zocata. Me encuentro a unas cinco cuadras de la terminal. Los restos de azúcar en la superficie de la mesa atraen a una hilera de hormigas que salen de la pared lateral. No me extrañaría que, con este calor, salieran las cucarachas. Empieza a caer la tarde. El sol se apaga. Cada vez es más lenta su luz.

Dejo caer los brazos con el mismo aplomo de la puesta de sol. La dependiente golpea el mostrador con el bolígrafo.

LOCK
FREE
UP OR DOWN

La palanca de la silla rotatoria le indica cómo hacer para ajustarla y mi rumbo queda regido por estas tres frases. No estaba nueva, pero lograba soportar el peso de las nalgas gordas del administrador. Lo miro sin que él lo note, la gula es una enfermedad.

Esta gente está comiendo mierda. Mira que les he dicho que no me llenen más los vales. Lo del pan no

118

está dando mucho. Tengo que resolver las tuberías
para el baño de la casa. Qué va, ese tipo me estafó.
Le di la mitad del dinero. Déjame ver cómo arreglo
lo de los vales.

El administrador tiene cara de rosquita. Creo que por eso no me la comí, tuve miedo de su peso. Apuesto a que, al principio, él se comía solo una. Es curioso cómo la gente sabe lo que le mata y aun así elige un modo de morir, o muchos.

F sufre por la vida de afuera. Piensa que las películas tienen algo doloroso, y es el tiempo detenido en ellas.

En *The passenger*, Antonioni cuenta la historia de un hombre que quiere romper con su pasado adoptando una nueva identidad.

El pasado regresa.

—Si quieres regresar estás a tiempo, yo te perdono.

Después de saber la verdad y aún con el alma rota, E podía perdonarme.

En ese momento mis lágrimas brotaron y sentí el impulso de abrazarlo. No quise que creyera que eran lágrimas de amor. Me estaba despidiendo. Entonces, dije adiós, y seguí llorando en la calle. F vino a recogerme. Hoy sé que sí, que, en efecto, aquellas lágrimas sí fueron de amor.

En el fondo, somos masoquistas. Amar es hundirse en arenas movedizas. La posibilidad de abandonarse para perderse en el otro.

Yo corrí sin mirar atrás. Lo dejé todo.

El olor.

La mesa.

El otoño.

La casa.

El verano.

Preferí ser prófuga antes de sufrir un naufragio. Atrapar el amor. Despejar las dudas. Encontrar respuestas. Develar el misterio.

Me retiro. Detrás del cristal se ve la ciudad y sus callejones angostos. Se traba la puerta. Siempre pierdo el sentido del cierre. Desde este ángulo, y completamente iluminada, la dulcería parece pulcra, pero solo ahora que me alejo.

He estado en silencio las últimas horas. No quiero hablar.

ÉTICA MÉDICA

El padre de F se fue consumiendo entre manos extrañas. Abordaje en la arteria principal. Tres entradas para medicinas y alimentos. Un tubo por la nariz. La presilla para el monitoreo. Sonda. Bolsa de colostomía. Aspiraciones de flemas con una manguera que atraviesa la garganta hasta sangrar. Análisis de sangre dos veces al día. Transfusiones.

El paciente está en la mitad del camino. Hay superioridad en su rostro. Es dueño absoluto del misterio. Está muerto entre los vivos y vivo entre los muertos. Su cuerpo está devastado por la enfermedad. Las enfermeras preguntan quién era. Lo tratan como a un pedazo de hueso con restos de carne. Como a un perro callejero en un hospital para tiempos de desastre.

El muerto en la morgue. No éramos nosotros. No era él. Parecía un zombi. Parecía un monstruo. Parecía de plástico. La autopsia dictaminó fallas múltiples en el sistema. Los órganos podridos. Materia inservible. La enfermedad siguió devorándolo hasta llegar al hígado, por eso la coloración amarilla intensa en la piel.

Momento de sobrecogimiento y consternación. Pensar que nos freímos en nuestra propia grasa. Una hora tardó la purificación. Se decidió cremar y luego un entierro íntimo. Contenido de cenizas en un ánfora de barro. La materia es devuelta al polvo. Es el tiempo de hacer el ridículo, de llorar por los demás, cuando deberíamos hacerlo por nosotros mismos. Abrazados y anegados en nuestros sollozos, abandonando la última visión.

Morimos por la ausencia. Pasamos la vida muriendo. En el patio, la silla del padre de F está vacía. Los amigos aparentan normalidad. Eran los mismos del arroz con almejas. Hacían chistes como antes. Nadie quiere mostrarse.

Aquel momento, hoy, me parece un mal sueño. No recuerdo la última vez que respiró, pero sí la mirada perdida.

Los primos llegaron en sus autos modernos. Uno de ellos, el poeta ausente de las cenas ilustres, llegó caminando. El poeta despidiendo la poesía

—Un entierro de segunda para un hombre de primera.

Se creó una tensión entre la viuda y uno de los primos.

—¡Esto sí es un entierro! No la payasada de estar frente a las cámaras en un momento así.

La viuda estaba indignada, mientras continuaba la búsqueda de los restos del hijo en el panteón familiar. El padre de F había perdido a un hijo de 19 años.

—Busque la caja con los restos de su hijo, por favor —repetía la viuda.

El enterrador examinaba el foso. Sus manos estaban llenas de agua podrida. Parecía ilógico y absurdo. El rostro sudado del hombre en franca desesperación. Mientras, la viuda con más ansiedad repetía la misma frase.

—¡Busque la caja con los restos de su hijo, por favor!

La atmósfera continuaba cargándose con la llegada de la hija mayor. Se abrazó al ánfora de las cenizas. Se la disputaban ella y la viuda. El sol ahogaba la frente del sepulturero, mientras sacaba los restos de desconocidos.

—¡No hay respeto por la propiedad, ni fuera ni dentro del cementerio! —exclamó otro de los primos.

En el panteón familiar estaban mezclados los parientes con los no parientes, como si se tratara de una fosa común. Fue un momento grotesco en el que la tragedia se convirtió en una sátira de humor negro.

Preciosos y patéticos.

REPRESENTACIÓN

No es el arte el que imita la realidad,
es la vida la que imita el arte.
Oscar Wilde

La fisiología de la percepción del arte escénico plantea que nuestro aparato de percepción dramática inmediatamente crea signos frente a la información que recibimos. Estamos condicionados por la tradición, por el mito. Pero el arte trata de los que no se ajustan a las leyes naturales. El arte desmitifica, profana la realidad. Vive la dualidad de lo que somos y de lo que queremos ser.

Ser juzgados por nuestra propia comunidad significa vivir una doble disidencia, primero en el arte, luego en la sociedad. El tormento de los creadores es construir un pequeño sueño colectivo, porque en el mismo hecho de esa construcción comienzas a funcionar como sistema, para darte cuenta al final de que fracasas. Crear un equipo es como construir un estado.

Es así como hoy, cualquier espacio puede ser un escenario. Los espectadores se prestan para los juegos de

124

poder. Cualquier luz puede ser un efecto y cualquier persona, el actor. Se ha ampliado en el arte, sus posibilidades de juego. El arte no puede ser un sustituto de la política. Pero no solo importa lo que sucede en el escenario sino todo el contexto en el campo social, en el campo cultural. Prácticas sociales, más que puestas en escena. Librarnos de la prisión de las formas. Resistencia o sublevación estética. La resistencia nos podría llevar a una transacción con el poder, pero podríamos caer presas de una ideología y terminar como sustitutos de las políticas.

Asistí a las conferencias de Teatro post dramático, impartidas por Hans-Thies Lemman.

En lo adelante solo existirá la representación de mi vida. Mi tragedia acaba de empezar.

Si meten los ojos bien, se darán cuenta de que me estoy muriendo.
Dijo Piñera.

En la platea estaban todos expectantes. Yo vestía un traje de flores, botas altas y el cabello desgreñado. Podría ser una campesina de cualquier parte. Nancy Knaap se casó con un joven heredero de la granja de sus padres. Nancy fue infeliz a causa de los celos e intrigas de sus cuñados. Nancy enloqueció y le pegó fuego a la casa. Olor a carne quemada. Cadáveres en las habitaciones, mientras Nancy baila en el patio agitando los brazos.
Monólogo extraído de la Antología de Spoon Rivers, de Edgar Lee Masters.

Doy vueltas en el escenario y reproduzco la escena bajo la luz de un cenital. El escenario está vacío, yo me muevo en el centro. Se detiene el tiovivo. Escucho los aplausos de un público invisible. Hago una reverencia mientras recojo las botas del suelo. No sé si son mis botas o las del *cowboy* patético.

La ciudad dormida. Al fondo, el esqueleto de un parque de diversiones cubierto de yerba. Atravieso un sendero entre los edificios. Mi vista se detiene en las fachadas de las casas, antiguas ahora, de principios del XX que se agolpan; corro, y tengo la perspectiva de un auto a toda velocidad.

Cruzo la calle y regreso al tabloncillo de asfalto. Nancy recoge las cenizas de las camas. Respiro el olor del agua podrida en el alcantarillado. ¿Y él? ¿Qué pasó con él? ¿Se acordará de mí? Encima de la mesa de noche aún está el retrato de hace tres años. En el refrigerador, la nota de hace dos años. En el librero, el regalo de hace cinco años. En el fuego, la cena de cien noches atrás.

ARENA Y SAL

¿Por qué la última vez que hablé con E sonaba tan distante? Hablábamos de todo, menos de nosotros. Fingíamos estar a gusto con la separación. Al principio, le temblaba la voz. Resignación se llama cuando uno entiende que no hay nada que hacer. Así estábamos los dos, más E.

He preferido callar. Correr de mi casa. Esconderme de todos los amigos de E.

Cuando me sentí atraída por F, debí de haberle contado a E. Tal vez ahora estaríamos juntos. El miedo a enfrentar mi verdad, me hizo callar. Pero no hablé con E. No conté lo que vi a través del cristal. Como no dije que soy culpable de un crimen, como tampoco dije que uno de los asesinos de Mimí es de baja estatura.

Tal vez yo asesiné a Mimí. Tuve unos pensamientos horribles respecto a ella. Primero maté a E, luego a F, y después a Mimí. Soy una asesina en serie.

L: El hecho de pensar que estás solo en la casa, aún me tortura. Me hace profundamente infeliz.

E: Estoy solo como la palabra solo… y acompañado como la palabra acompañado… y solo y acompañado como nadie. Tú no eres tus personajes, pero tus personajes sí son tú.

L: Tú eres mi personaje, E. La escritura, única salida al dolor.

Borro las últimas palabras. Los últimos SMS que nos escribimos.

La arboleda de la casa de mi abuela, en mi mente, parece lúgubre. Veo montones de hojas y ramas secas ahogadas en el estanque negro. Allí quedaron mis pesadillas. Parada en el borde de la terraza, me volteo y descubro mis ojos llorosos en el cristal. Pienso que no volveré, pero es inevitable la curiosidad. Siempre odié el lugar, pero me gustaba la casa, especialmente, porque ese fue el patio de los primeros misterios de mi infancia. La casa de abuela que compartía con E.

—¿Para dónde me llevan, Mailin?

Mi abuela me preguntó y en su rostro estaba el miedo de alguien que presentía su muerte. No supe muy bien qué responder. Para el salón de opresiones pensé.

—Para el salón de operaciones, abuela.

Yo estaba convencida de que ella no saldría con vida. Meses antes, sin haberle diagnosticado el cáncer de colon, arranqué los sueros de los brazos de mi abuela. La sangre estaba coagulada. Mi abuela estaba hecha caca, con moscas revoloteándola, y mamá lloraba impotente en su regazo. Ese fue el cuadro que me encontré en el Hospital Julio Trigo, al que mi abuela le decía Julio Traga.

Se disipan los restos de vida de antes. No hay otra casa. No habrá otra. El dolor no tiene ningún valor. Cuando deje de existir, todo en lo que creo, dejará de existir. Miro atrás y no me reconozco. Una fuerza me sobrecoge. La casa de las buganvilias aparece en mi mente como un sueño recurrente. Como una energía proveniente de un extraño lugar. Como una avenida remota. Conecto Zapata con Cervantes número 7, interior. Debe de ser, porque Zapata es la calle del cementerio, donde quedaron los restos de mi abuela.

Abuela-buela-vuela-abuela. Casa. Abuela. Arboleda. Sueños Pesadillas

Buganvilia. Recuerdo. Memoria. Tiempo. Vacío. Lo repito una y otra vez. Lo repaso en mi mente. Se desvanece el símbolo. Cambio la esencia por dureza. La materialidad reducida a unos cuantos huesos inclasificables.

—Sería mejor cremar los restos y llevarlos a un cementerio.

—Es posible que quepan en la tumba de mi abuelo.

—¿Qué tendrías que hacer para eso?

—No sé exactamente, es un trámite burocrático, pero tendría que contar con mi madre. Ella es quien decide.

—Qué vanidad la de los hombres: hacerse mausoleos como una proyección de la vida que tuvieron. Es absurdo.

—Es mejor cremar, no quiero volver a pasar por la exhumación de otro cadáver.

Discutía con E el destino de los restos de mi abuela.

Sigo repasando viejos apuntes en mi diario, mientras en la ciudad todo parece normal. Presa de la inmovilidad me quedo sentada durante mucho tiempo.

No le pongas tanta sal a la ensalada, no le pongas tanta sal a la ensalada, no le pongas tanta sal a la ensalada, no le pongas tanta sal, no le pongas tanta sal.
Tengo que matizar.

Comida.

Me carga para ir frenéticamente al sexo.

Voy al espejo y comienzo a lavarme.

Punto de giro.

A Rebeca le nació un hijo deforme (chisme, punto de vista de la persona mayor cuando comenta sobre alguien) Qué rica la fritura (esto es para evadir el pensamiento de la muerte) Debo ir al velorio de mi primo (recurrencia, temor a la muerte) Un guanajo (caricaturizando) ¡Aquí estoy! Como lo diría ella. Siempre es muy importante pensar cómo lo diría ella, así me acerco cada vez más al personaje.

Las manos en el lavamanos, una y otra vez hasta que las subo a mi rostro y lo convierto en una máscara diabólica. Me compongo. Voy nuevamente a la mesa.

¡Qué vida esta! Mañana será otro día. (Trata de creerse que mañana será otro día).

El porvenir, el pornivé, ni ver el por ninguna parte.

Recuerdo el instante en que escribí estas notas. E estaba lejos y nos comunicábamos por *e-mail*. Salió espantado a través de las visas de lotería. Dijo que volvería. Nadie le creyó. Todos pensaban que yo estaba loca. Una mañana de mayo lo esperé sentada en el banco de un parque. Cuando alcé la vista, los cabellos de diecinueve meses sin cortar asomaron en la loma, por donde bajaba pedaleando una bicicleta.

Soy culpable. Anulé a E. Lo abandoné a la peor suerte, la crueldad de los machistas.

E siempre decía que soy incompatible a la enfermedad. En casa de F estuve enferma. Me atacó una gripe insoportable. No podía dormir y entonces E reapareció en mi mente. Tal vez porque había estado triste todo el día, mis fuerzas me abandonaron, y apareció una náusea insoportable. Me levanté a hurtadillas y me dirigí hacia la cocina, al final del pasillo. Apenas pude llegar y, con suerte, abrir el refrigerador y alcanzar el pozuelo de mermelada, justo antes de caer al suelo. No perdí la conciencia. Esperé unos minutos a que todo pasara.

Ahora estoy de pie, frente a mí, la oquedad del arrecife fósil. El oleaje rompe en la orilla, erosiona la roca. Una y otra vez se repite. Solo varía la intensidad de la ola. Ahora vuelve la calma y sigo en el mismo lugar. Tanto dulce de río se funde en la sal. La corriente lleva y trae. Mis vestidos deshechos se enredan en las algas. La maleta aún flota, y se aleja. Toda esperanza se desvanece con ella. La rabia se apodera de mí con la misma fuerza con que el oleaje bate en la roca. Las cavidades han muerto a través de los años. Cadáveres de crustáceos han quedado esparcidos por la superficie. El azul se oscurece y se funde en el negro de las nubes a causa de la tormenta. Si me adentro no veo el fondo. Si me alejo tengo olvido.

Mar adentro.

Dolor dentro.

El dolor te hace tocar fondo.

La paradoja del mar y los sentimientos.

Por eso prefiero el mar.

Por eso miro el mar.

Por eso me escudo en el mar.

Mar.

Marea.

Marisma.

Mareo.

Martillar.

Marasmo.

Una brisa leve mueve mis cabellos torcidos por los días de abandono. Diógenes y la concha. Dejé mis zapatos en algún lugar. Los dedos sangran a causa del filo en las rocas. El sol ha dejado de castigarme. Está a punto el aguacero. Ya no tengo miedo. He comenzado a cavar en la arena. Ahora pienso en el Buitre y en Rafael.

En esta área de la ciudad no hay nadie. Sin testigos no hay vergüenza. No hay otro punto de vista. Por primera vez experimento la libertad. Por vez primera mi cuerpo ha dejado de ser un estorbo. Alimentándome de mí misma. No necesito más. En la arena y debajo de las rocas, mi cuerpo blanco se transparenta. Rocío la cara con arena. Como asistiendo a mi funeral de sal. Las partículas fundidas en la sal. Mi cuerpo se hunde.

Pasó mucho tiempo sin que volviera a ver a E. La idea de que coincidiéramos los tres se volvió enfermiza, no podía pensar en un mismo espacio para él y para F. Hubo un huracán y sucedió el encuentro. Estaba sentado cerca de la facultad de bilogía, que tuvo para él algún sentido en otra edad. Los jóvenes de antes ahora peinan canas y esperan en otra acera para recordar la universidad. Así veía a E. Nos saludamos, a intervalos cálidos, a intervalos fríos.

F vino a recogerme y corrí hasta la esquina para alcanzarlo. Por el retrovisor miraba a E que esperaba en el mismo banco. En mi mente reproducía la conversación.

E: ¿Cómo te va en tu nueva relación?

L: Bien. Pero sé que nunca más volveré a ser feliz.

No dijo nada en ese momento. Sin embargo, a las 8:45 nos enviamos mensajes al mismo tiempo.

8:45:05. L: Nuestra conexión va más allá del tiempo, más allá del amor. El dolor que he sentido y aún siento, es solo comparable al que me provocó la muerte de mi abuela. Nunca vas a estar solo. Siempre estaré para ayudar.

8:45:50 E: El tiempo se encargará de hacerlos buenos amigos. Te doy unos meses más de ilusión amorosa. El resto será una cándida y miserable retractación frente al cadáver putrefacto del amor. La pregunta es ¿podrás enterrarlo con tus propias manos? Al final de la tarde, luego de que te fuiste, terminé en un café de amigo de una madre sufrida rompe tiques del cine 23 y 12. La mujer preguntó quién yo era y le respondí: un vecino de hace 44 años.

Parecíamos niños. Nadie creía la edad que teníamos. Habíamos envejecido vertiginosamente en el transcurso de un año de separación. Los rostros lucían devastados por el dolor. Ninguno de los dos superaba el hecho de no regresar juntos a casa. Yo estaba divida en tres partes.

Era tan bello, como triste. Lloraba por dentro y por fuera. Lloraba por todos los rincones y espacios de mi cuerpo. Lloraba agua. Lloraba sangre. Lloraba sal.

Mi ojo derecho se inflamó de tanta sal.

Escupo la arena que se ha secado alrededor de la boca. Me arde la cara. La arena se transforma en madera y la punta de mis pies gira sobre el mismo eje, como una bailarina. El espacio es amplio. Una ventana es atravesada por la luz que obnubila mi cuerpo y solo veo el blanco del vestido, que en el giro flota. Reproduzco una y otra vez la imagen hasta el paroxismo. Una cámara lenta congela los fotogramas y deja ver detalles de la nariz, la boca, los ojos y las lágrimas. Lánguida… pálida… escuálida. El cuello guía mi cuerpo hacia atrás y, lentamente, cae en el tabloncillo desvaneciendo la madera. La columna me devuelve una vez más a la arena.

EL REENCUENTRO, EL SUEÑO, LA PESADILLA

Huir no me ha servido de mucho. Debo regresar a la realidad, pero me cuesta creer en ella. Seres para y desde la muerte. Sujetos incompletos a causa de las estructuras… mintiéndonos.

Podría ahogar mi llanto y fingir. Sería el primer paso hacia una nueva clase, que ya es vieja. Mi maleta y su contenido fueron lanzados al río en un tonel. Como Diógenes con la concha, solo me quedan las manos.

Dulcería «La francesa». En cada dulce hay una mosca. Elijo una rosquita, una barra de chocolate barato y un café. Desde mi ventana afrancesada sigue el río desde el San Juan hasta el Sena, y continúa mi viaje sin maleta.

En este establecimiento estatal el tiempo se detuvo. Los diseños de los uniformes, con blusas blancas y faldas negras. Usé uno a los catorce años en una fiesta de disfraces.

Cafetería-Dulcería 7ma Categoría
Rosquitas 1.00 peso
Pañuelitos 1.50

Marquesitas 1.00
Chocolito 2.00
Huevitos 3.50
Pan con croqueta 2.00

Todo tiene precio. Todo el mundo habla de dinero.

La misma tablilla de antes. Solo cambiaron el cartel que da a la calle y los mostradores. Las dependientes con chancletas y las manos llenas de azúcar. Una imagen del presente-pasado de las cafeterías estatales.

El sonido tenue de otro SMS.

L pienso q podemos intentar negocio d carteras bordadas a precios buenos hablemos sobre eso si andas por ahí. Maresca.

Con el aumento de los negocios, aumenta la apatía en el arte. Ya no habrá artistas, sino sujetos al servicio del mercado.

Pan con Lechón $5.00
Batido $3.00
Frituras $5.00

Antes era difícil encontrar una cafetería. Ahora hay muchas, pero no puedes sentarte en ninguna. Qué dolor cuando desaparezca todo. En el fondo, no quiero que las cosas cambien. El día está muriendo. Le ha llegado su fin.

Cae la nueva noche de estación. Sentada en un muro, dejo caer las piernas y jugueteo con los pies descalzos. Me dijeron que la empleada del baño había recogido mi teléfono. Hoy saldré de este lugar. Tengo el número diecisiete ahora. Me puse la ropa más elegante que tenía en la maleta, para que no sospechen de mí.

Todo se ha vuelto más primitivo. La gente come con un trozo de cartón de las cajas de comida. Echan los restos de comida al suelo. A lo lejos, dos mujeres se pelean en la cola de los productos por un precio establecido. Un cartel encima de la puerta anuncia: Todo X 1 3 5 7 10.

La competencia de boteros es tenaz. Son como tiburones rodeando la mancha de sardinas. Devorándonos. El expendedor de tiques se quedó con mi vuelto. Me quedo un rato indecisa, pues quiero reclamarlo. He perdido tres veces el tique. Una señora de espejuelos y pelo blanco conversa con una pareja de sordomudos.

Me recuerdan a la tía Julieta. Discuten, porque perdieron también sus tiques. El hombre culpa a la esposa. Como Adán a Eva antes de ser expulsados del Paraíso. Para Erick Fromm este fue el primer acto de infidelidad.

Adán, traicionó a Eva frente a Dios.

El hombre añora el Paraíso perdido.

Necesitamos amar, porque estamos solos. Porque no tenemos respuestas. Porque somos incompletos. Porque nos falta la otra mitad.

El amante de Mimí vino de Oriente a comerse la ciudad. Es homosexual no asumido, un Adonis. Le prometió a Mimí estar a su lado. Un día se largó sin decir nada y volvió a casa con su esposa. Mimí sufría una depresión. Le costaba seguir adelante.

No sé si inventé una conversación con Mimí. No sé si me habló en algún momento de la noche. Fue mentira que vi cómo la mataban. Lo que pasó realmente fue que humilló a su amante, lo engañó con otro, y pelearon. Mimí cayó al suelo, pero unos instantes después, se levantó y se fue. Pero yo si maté al máximo líder.

Para Piñera la literatura no era más que, un chisme colosal…

En mi mente el rostro triste de E la última vez que nos vimos. Me mostró los cambios que había hecho en su novela. Hablamos de mí, de él, de F. La separación nos trasciende como amor trunco. Quisiera congelar las imágenes en aquella tarde de verano. Quedar así por toda la eternidad. Observándonos.

Una conversación que duró más que las horas. Era como la primera vez. En recovecos oscuros de la mente aparecen los flashazos de aquel encuentro. El cabello le había crecido. Tenía la expresión tranquila, a pesar de los avatares económicos. Me contó de las peripecias que hace para sobrevivir. Dijo algo que todavía me duele, especialmente, porque el impulso de correr detrás de F fue la ilusión del cine. Por otra parte, F no me cuestiona mi libertad. E no pudo escapar del ciclo machista de su familia.

—Yo te elegí, porque pensaba que eras otro tipo de mujer, pero veo que me equivoqué de persona.

Mis lágrimas se deslizan con la suavidad del jabón por una superficie húmeda. Caen pesadas, golpeando las páginas de mi diario. Quiero escribirlas, pero la velocidad detiene el flujo de palabras ante la imposibilidad de alcanzarlas. A pesar de mí misma no puedo evitar sentirme culpable. Sé que aún me ama.

Mi garganta está seca, necesito algo para beber. El altavoz anuncia los fallos para mi destino. Corro a la ventanilla expendedora. Compré mi tique y recordé que mi equipaje está guardado en una taquilla rentada. Esta vez he tenido suerte. Todos hemos tenido suerte. La madre, el señor calvo, la viejita, la señora del baño, el mendigo, la niña y el padre, la muchacha (yo), la esposa del hombre de rojo, todos están conmigo. Con la emoción con que un niño ve por vez primera el mar, corremos hacia el ómnibus. Es azul. Grande. Nuevo. Cómodo. Climatizado.

Vamos guardando el equipaje. Algo me inquietó y es que no podía ver la cara del chofer. Llevaba su uniforme y una gorra. Empujé varias veces el equipaje y no entraba en el maletero. Se iban sumando el hombre de rojo y su esposa, el padre, y la niña. La niña gritó, el ómnibus arrancó sin esperarnos. El padre pidió clemencia al chofer. El padre volvió a gritar:

—¡Chofer! ¡Un momento que no hemos subido todos!

El chofer seguía tieso, sin responder. Se percibía una espalda sin vida. La desesperación en cada uno de nosotros fue aumentando, transformando nuestros rostros, antes sonrientes en las máscaras de la ira.

—¡Yo me cago en el coño de tu madre! —gritó el padre y logró engancharse de la puerta, mientras el ómnibus retrocedía lentamente sin esperarnos.

Así fue cómo el padre agarró por el cuello al chofer hasta conseguir desprenderle la cabeza. El ómnibus se detuvo y el padre enloquecido volvió a gritarle, esta vez pegó su cara a la cabeza sin cuerpo:

—¡Me cago en el coño de tu madre!

Nuestras caras de horror ahora, quedamos petrificados. Una maleta roja brillante, la maleta de la niña, estaba en la cima de la montaña de maletas saliéndose del maletero. La cabeza salió desprendida por la ventana, como un bólido cayó y se posó encima de la maleta, la niña comenzó a gritar, y el padre la cargó con las manos ensangrentadas. Teníamos los rostros de los sueños, por momentos nítidos, otros oscuros.

Frente al espejo del baño.

La puerta se abre.

No hay nadie.

Me volteo y no veo más mi rostro en el espejo.

Se deshace la imagen en arena.

A lo lejos se escuchan los gritos de mi madre:

—¡Liba! ¡Liba!

Me levanto y detrás de la arena se ve mi casa. Mi padre está sentado en el portal haciendo cestas para vender. Mi abuela sale con un mazo de rosas negras en las manos. Las espinas atraviesan sus codos. Está sangrando.

—¡Liba!

El grito me asfixia por el agua salada que me cubre a causa de la marea. Trato de levantarme, pero he quedado atrapada en la arena.

EL ANTES

Un barco, soy un barco. Presa del silencio y a cuarenta kilómetros de la orilla, cuya distancia imposibilita la estabilidad. Soy de nacionalidad estadounidense. Transporté mercancía hacia el desaparecido campo socialista. En el extremo más alto de mi proa está la vida de otro tiempo, que fenece por el efecto del óxido. El agua traspasa mi suelo herrumbriento. En mis bodegas aún queda mercancía, hay melaza. Soy solo la fachada de un barco, un símbolo, un espejismo, un continente desmembrado. Soy vulnerable, seré destruido por el *big bang* y la física cuántica. ¿Cuánto tardaré en desaparecer completamente?

Las gotas saladas se escurren desde todos los rincones de mi cuerpo. Marcan una línea hasta la proa. Reflejan la luz. Pasaron mis días ligeros de juventud. Ahora estoy como Ulises, añorando a Ítaca. El océano está a mis pies, tempestuoso, incierto.

Mi vida está detenida y me siento impotente a causa de la inmovilidad. Mis energías padecen reprimidas por la falta de oportunidades. Otro buche de sal me ahoga. Levanto la cabeza sin fuerzas. Ahora tengo frío. El sol se apaga.

Tuve un sueño con mamá. Una mujer muy extraña decía ser su amiga y le escribía cartas. En los sobres rayaba unos garabatos verdes. Ella decía que era arte. Luego vi un video de las dos trabajando. Le pregunté a mamá si esa mujer la amaba y dijo que no. Yo tenía celos, pero mamá se veía feliz. Le pregunté si había sentido el impulso de ser madre y me respondió que no. Nos tuvo a mi hermano y a mí porque se embarazó. Pero la maternidad tocó a mi puerta. Hui de E. Sin él no tendría la responsabilidad de ser madre. Ese es mi problema, no quiero crecer.

F y yo estamos en la azotea de un edificio alto. F narra las circunstancias de su paternidad. Mis lágrimas manchan el rojo del impermeabilizante en la azotea. Su hijo nació como yo, por descuido. A mi derecha, hay una hilera heterogénea de edificaciones. No se entiende la naturaleza de la fachada del edificio lateral. No se puede entender la naturaleza de muchas fachadas de ahora. Una madre asomada en el balcón, refresca con un paño blanco la cara de su bebé. El bebé está en sus brazos.

Reminiscencia.

La imagen absorbe las palabras.

El edificio antes era una bodega.

Ahora comprendo.

De un puntal tan alto salieron dos plantas y al menos. seis apartamentos.

Miro la franja que separa el negro de la superficie del mar con dos tonos tristes. Gris y negro.

Una mosca moribunda cae en mi muslo derecho.

Sostengo la mano de F que avanza sin control hasta el borde del alero.

La tarde tiene un aplomo inusual.

De repente, todo está detenido y no somos más que dos fantasmas.

Cada minuto puede ser el último.
No hay rostro que no esté por desdibujarse.
Como el rostro de un sueño.
Jorge Luis Borges.

Se humedecen las páginas de mi diario. Ahora me arrastro como si fuera basura movida por el oleaje. Inspiro y espiro con fuerzas.

Mamá me espera.
Mamá me espera
Mamá me espera
Mamá me espera
Mamá me espera
—Liba, levántate. Vamos a llegar tarde.
—No quiero ir.
—Mamá tiene que trabajar.
—¡No! Papá trabaja.
Las seños del círculo son buenas. Extraño a mamá.
Hora de dormir la siesta.
—Seño, yo no tengo que dormir.
La seño negra y corpulenta con expresión amable, tenía que convencerla.
—Mi mamá me dijo que estuviera aquí hasta el mediodía. Una prima me va a cuidar.
Crucé la calle sola. Con solo cuatro años me fugué del círculo infantil. No volví más, ni a aquel, ni a ningún otro. Pobre mamá, por mi culpa perdió su empleo y las posibilidades de superarse.

EL AHORA

Porque el amor es un tren azul que va pasando
Un tren azul que va pasando
Un tren azul que...
Rafael Alcides

Desde la distancia imagino a E sentado en la terraza. Toma café y filosofa, su deporte favorito. Como buen poeta, entiende el alma humana.

Se escondía para sorprenderme cuando me visitaba. Mi abuela aún estaba viva. Le brindaba diez veces café en menos de una hora.

Dentro de una nueva casa sin E, mi alma se despedaza. Las voces de afuera, en el pasillo que comunica las distintas escaleras de entrada al edificio. Nadie imagina, que, del otro lado, una mujer amargamente se retuerce y llora.

Hoy hablé con él por teléfono, parecía feliz.

No tuve el valor de decirle que había llorado por él. Con frecuencia lloro por él.

Un olor a flores inundó el cuarto. Rodeó todo mi cuerpo de esencias. Me besaba como si fuera el último día del mundo. No sabía entonces que aquel aroma de jazmín, pertenecía irremediablemente al pasado. Caricias, y promesas rotas. Un amor en la historia deja millones de páginas en blanco. Solo existía para él. Soy un fantasma, un zombi, una sombra

Dos figuras pequeñas en la distancia. Atardece, el sol se desliza lentamente y tiñe el cielo de rojo. Despreocupados, amándonos. El mar más infinito que nunca. Nos perdemos y nos encontramos. Siempre está allá a lo lejos.

En la oscuridad de sus sueños aparecen mis pesadillas.

No se juega con el amor, no se echa a la basura así, sin más.

¿Por qué nunca escuchaste?

¿Por qué creíste que era eterno?

Es que, en verdad, es eterno.

HUMANIDAD

Cuatro elefantes penden de un hilo ensartado de cuentas. Al final de la manada hay una campana de metal. En la etiqueta dice «Hecho en Suiza». Ahora sucumben en una isla. Varada, imposibilitada, sin poder avanzar.

Descuelgo el teléfono. Fantasmas, examigas me rondan. Me atormentan. Llega la tempestad. Truena. Relampaguea. Se enciende el cielo. Se enciende la ciudad y mi cabeza está a punto de explotar.

Las cosas tienen el valor que uno les da. Yo iré muriendo entre símbolos y espejismos. Desdoblándome en una página. Retorciéndome en una silla. Moriré aburrida de tanto sol y hastiada de mi ostracismo. Como una cobarde, arrinconada, y excluida del grupo.

Aborrezco los maniqueísmos. Me siento sin matices, y sin poder encajar. Mostrar los sentimientos asusta. Estoy expuesta en la vida y en la irrealidad.

Empachada de realismo hago mi representación que no es real, ni pura. ¿Por qué siempre los demás sí son felices? La piel de la cara se cae. La estiro, y en las manos se me desparrama. Me queda menos tiempo. La velocidad me hace presa. Una isla es una circunstancia maldita. Las personas se pavonean y aprovechan del aislamiento. Hay represión. Estoy en el minuto último a causa de la contaminación.

Huir.

Resaltar el polvo.

Luchar.

Vivir el drama del subdesarrollo.

O eres artista o te conviertes en activista.

O no haces arte, porque es política.

Otro más hinchado y creído.

En la cima de una burbuja, veo la ciudad desde un cuarto piso.

> *No sé si el gris del paisaje,*
>   *no sé si la edad,*
>   *no sé si el pasado,*
>   *no sé si la lluvia,*
>   *no sé si ausente,*
>   *no sé si pena,*
>   *no sé si triste,*
>   *no sé si fría,*
>   *no sé si muerta.*
>
> *Inútil, ha sido inútil ¿De qué sirve mi pena? ¿A quién ahoga? Mi cuerpo está al revés. Si el contenido es el alma y ella por sí sola no puede, entonces no hay adverso, solo reverso. Los ojos bien adentro. Conmutar el dolor. La espalda sucia. El cabello húmedo. Los pulmones son algas. Poetas, ¿cuándo poemas? ¿De qué sirve la poesía?*

La sociedad está enferma. Una camisa de fuerza me paraliza. El grito ahogado de Munch. Los políticos versus los artistas. No escucho mi voz interior. Tengo más pena que gloria. Tengo menos coraje que antes. Tengo impotencia, incredulidad, soberbia. Se resienten la garganta y el hígado.

¡Viva la Patria!

¡Que muera el artista!

Salida del vientre.

Entrada al laberinto sin puertas.

Evasión y penumbra.

Desertificación.

Camino en círculo.

Una cara de mujer: gata, insolente, serpiente, hedonista, lápida del anticristo. Naturaleza muerta.

Lánguida femineidad.

Reptil.

Doble moral.

Fidel Castro apuñaleado en su lecho de muerte.

FUCK ME, KARL MARX

En terreno de salvajes domina el más fuerte.

Frecuentemente pensaba que F vendría a salvarme de mis instintos, de mi intención magnicida, de mi obsesión por matar a Fidel Castro. He sido desterrada del amor, ya no tengo horizontes.

Tengo sueños. Aparezco siempre en un bosque. Hay un silencio lúgubre y es imposible ver el cielo a través del follaje. Siento temores, pero desconozco las causas. Me veo a mí misma en la oscuridad, donde todo es muerte, luto, vacío. Una vez desperté en medio de la noche, un viento fuerte me arrastraba, solo podía vislumbrar el desastre por la búsqueda incontrolada de la verdad.

—Bergman dijo: ¿a quién le importa la verdad? Eso solo importa en el escenario y a veces ni siquiera allí.

Desperté con el temor de algún acontecimiento que yo sería incapaz de controlar, temor a mis propias debilidades, temor a mis propias tendencias. Como una señal de que hay algo mal en mi interior, aunque no responda a ningún sufrimiento externo. Pero a la vez estoy consciente de la causa de mi malestar. Y entonces comienzo a demolerlo todo, es una lucha contra un enemigo invisible que permanece en la oscuridad. No puedo saber qué hay exactamente del otro lado de la habitación, pero siento la firme convicción de encontrar una respuesta detrás de la puerta.

Me despierta el olor a chocolate quemado en mi cocina.

Debo emprender un nuevo viaje, adentrarme sin razón en el desierto terminal de las sin entradas y sin salidas.

Un amigo me habló de la ausencia de líderes. Como es bioquímico, empezó a comparar la sociedad con el sistema molecular. Las células se regeneran, los genes son anárquicos, no hay uno solo que mande sobre los demás y, aun así, el sistema es perfecto. Pensaba que mientras los pueblos esperan por líderes, el secreto está dentro de cada uno de nosotros.

¿Qué pasaría si frente a las injusticias todos emprendiéramos secretamente una causa en solitario, pero común? Parece difícil imaginarlo, tal vez concretarlo, pero si nos une el deseo de justicia frente a los enemigos invisibles, seríamos activistas ocultos.

El más fuerte no tiene cara ni voluntad propia. Si ahora cada uno de nosotros tomara la justicia como algo que no solo atañe a la sociedad, sino al individuo que sufre el mayor desamparo y fragilidad, viviríamos en el mismo anonimato, pero con la certeza de pelear contra un enemigo común: el dinero. Vil ramera de los hombres. Divide, malogra, engendra el mal.

Los opositores se quedaron sin los fondos provenientes de «los buenos»: el Partido Comunista. Para los que siguieron a los socialistas, lo importante era la causa. Educados, deformados, desnaturalizados en un sistema de producción que ponía como centro al ser humano. Les dieron la oportunidad a todos de ser buenos, pero el corazón del Hombre está más inclinado hacia el mal, según lo expresan las santas escrituras. El proyecto del nuevo hombre, fracasó.

¿Hacia dónde mirar? ¿Es que debe surgir una nueva revolución sobre las ruinas de otra?

NUEVO MONUMENTO AL CAPITAL

Hotel Ginebra, Kempinski, qué pingki Manzana y Gómez generalísimo globalizado. El musgo y el limo perecen en el impecable blanco, en medio de arterias que despiden hollín. La intensidad de la llama que se consumió en poco tiempo, no permanece ni siquiera en la fachada. En los balcones de la segunda planta imagino el eco del murmullo de los estudiantes ausentes... olvidados.

Las aulas son *suites*. Los pupitres no encajan en los relucientes cafés. Los maestros se travisten con ropa de servidumbre. En la planta baja resplandecen las nuevas *boutiques* del viejo bazar «El Progreso». El edificio representa los ideales de las marcas más importantes del mundo. Más abajo, en la calle Obispo, una anciana exhibe su prótesis con hondo sentido del momento histórico. Otro anciano, en su silla de ruedas, levanta la mano y en su mirada veo el vacío de los revolucionarios de 1959.

Después de la inauguración, un artista hizo una *performance*. El autor se posicionó en los bajos del edificio. En la cabeza llevaba una pirámide de cartón y en cada cara puso la misma foto. En el piso del bazar colocó un cartel: «¿Dónde está Mella?».

En medio del brillo quedó borrado el sitio donde antes hubo un monumento al héroe. Una transnacional borra la memoria. La rebelión recuerda al héroe estudiatil; y al individuo que protesta, lo detienen. Me declaro a favor del artista antes de que todo sea materia, frugalidad.

ATENUANTES.

De nuevo a la irrealidad.

Hay dos caminos posibles: «Elegir la libertad o elegir el miedo».

El presente ha muerto y el sistema niega la aniquilación de las partes que componen el todo. Saturno pretende seguir devorando a sus hijos. El exterminio social pasó. No le queda alimento histórico al progenitor muerto, que aún gobierna desde la sombra.

El hombre nuevo es un engendro, esperpento fantasmagórico institucionalizado, un Frankenstein psicópata y suicida: «Díaz Balart incrustado en una calle del reparto Kohly».

Los artistas e intelectuales fueron, tal vez, los primeros en comprar la idea facinerosa de una revolución. Lo ficcional también desnuda la parte disfuncional que toda sociedad contiene. «Con la revolución todo, fuera de la revolución nada», frase acuñada en aquellas viejas *Palabras a los intelectuales* que marcaron el inicio de la política cultural definida por Fidel Castro.

¿Quién tuvo la culpa?

Virgilio Piñera se manifestó al expresar: «Comandante, tengo miedo». Esa frase lo sentenció para siempre, como para siempre quedará la obra de Piñera.

La intelectualidad cubana empoderada recibe el castigo por haber elegido el fruto del árbol del mal.

Tiranos de su propio pensamiento, se ensañan con los demás por miedo, el mismo que un día los hizo traicionarse.

Si existiera el espejo mágico de las verdades, en el reflejo estarían los rostros de verdaderos fantasmas. De revolucionarios a escarnecedores. De justos a pecadores.

¿Cómo ser libres sin sentirse culpables? Frente al cadáver putrefacto de una revolución próxima al minuto cero. El pase de cuenta histórico.

YO MATÉ A FIDEL CASTRO

Sigan haciendo esto en memoria de mí.
Lucas 22:19

Este es un tiempo monótono. Sin dioses, ni magos, ni duendes, ni telépatas, ni sacerdotisas. Los hermanos Strugatski inventaron La Zona. Un lugar con un poder extraordinario, aún desconocido para el hombre. Un espacio donde hacer realidad los deseos más íntimos. Fidel Castro eligió el camino hacia la inmortalidad. ¿Acaso puede amarse a otra cosa que no sea a uno mismo?

La Revolución cubana se puede entender como una historia de amor, una comedia, una tragedia, una aventura emocionante o, incluso, como una antología de las luchas cubanas. Como toda antología, es también un error, una pausa en el tiempo.

Pudo ser aquella madrugada infinita, o pudo ser hace solo un instante. Lo hice, porque quería salvarme. Yo maté a Fidel Castro. Sí, lo maté, y me di cuenta al hacerlo de que me estaba aniquilando a mí misma. Fue un suicidio social.

Los cubanos aún después de muerto le temen, y bajan el tono para hablar de él. Yo maté a Fidel Castro, como Charlotte Corday acuchilló a Jean Paul Marat. Antes de Fidel, todo. Después de Fidel, nada. Vi señales por todas partes. El «Amigo del Pueblo». Corrí por una calle oscura.

—¡Corran, corran, quieren matar al comandante!

Los guardias se abalanzaron hacia mí. Con la voz entrecortada les conté esta historia.

¡He escrito tanto sobre él, lo he estudiado tanto! ¡He llegado a sentir que hay más de Fidel en mí, que de mí misma! ¡Me persiguen por defender la libertad!

Me dejaron entrar. En una habitación escasamente iluminada, Fidel estaba dormido. Lleno de agujas… aparatos… respiración artificial. Qué frágil me pareció entonces. Él era un cuerpo, una masa de carne y hueso… inmóvil. Caminé de un lado a otro durante un tiempo que pareció eterno. ¿Qué tiene este país? No tiene nada… lo tiene todo. La nueva Jerusalén.

Fidel abrió los ojos y me miró con cara de pregunta, ¿quién tú eres? ¿Quién soy? ¿La niña pionera? ¿La mujer? ¿La que espera en la estación? ¿La que amó a E? ¿La que odia a F? ¿La Camilita? ¿La hija del militar traicionado? ¿La disidente? ¿La opositora? Soy Nadie.

—¿Has venido a matarme? Recordé haber leído esa frase:

«Fue muy difícil, porque aún quiero a Fidel, aún lo extraño… fue mi primer amor. No pude contener las lágrimas. Todo de mí perteneció a él en Cuba. Tengo los momentos de nuestra relación como grandes momentos».

Marita Lorenz.

—Sí (le dije).

—Pues haz lo que viniste a hacer, mátame. (Me respondió en un susurro débil).

Teniéndolo tan cerca dudé. A fin de cuentas, él ya estaba condenado y yo podría salvarme. Pero reconozco que soy emocionalmente inestable.

Empecé a desesperarme. Me aproximé más a él. Se durmió a causa de las fiebres. Las manos me sudaban. Otra vez sentí el lamento de un cuerpo suplicando: «No me abandonen».

Estaba airada. A lo lejos se escuchaban voces. Mis dedos se crisparon en el mango. El filo de acero atravesó el aire. Todo se detiene cuando alcanza la piel.

La oscuridad se tragó el rojo de la sangre. Un escalofrío me paralizó y por un instante creí que todo no era más que una visión. Expiró con fuerza. Vi una expresión en su rostro que nadie jamás ha podido imaginar. Quedé allí, detenida y sola. Finalmente, sola.

ÍNDICE